btb

Buch

Ein Spazierweg an der Aare in Bern. Hierher zieht es Margret Bühler, nach dem Verlust ihres Sohnes depressiv und unglücklich, immer häufiger. Als sie eines Tages einen kleinen Jungen ganz mutterseelenallein dort findet, tut sie etwas, das sie eigentlich nicht tun dürfte – mit fatalen Konsequenzen. Auch Hans Kammermann, pensionierter Fahnder der Berner Kantonspolizei, unternimmt gerne ausgedehnte Spaziergänge am Fluss. Und hier begegnet er Silvia, einer etwas heruntergekommenen jungen Frau, die ihn völlig aufgelöst um Hilfe bittet: Ihr kleiner Sohn ist spurlos verschwunden. Kammermann, nach Scheidung und einem Infarkt ziemlich angeschlagen, nimmt sich des Falls und der jungen Mutter an. Fast wider Willen kommen sich die beiden eigenbrötlerischen Menschen näher. Und noch jemand war in der Nähe, als der kleine Junge verschwand: der Kleinkriminelle Sam. Er macht sich seinen eigenen Reim auf die Ereignisse und wittert seine Chance. Gemeinsam mit seinem Kumpanen Kurt plant er nun den vermeintlich ganz großen Coup.

Mit sicherem Gespür für Stimmungen und Zwischentöne entwickelt Alexander Heimann ein unsentimentales, aber höchst eindringliches kriminalistisches Kammerspiel, für das er mit dem Deutschen Krimipreis 2002 prämiert.

Autor

Alexander Heimann, geboren 1937, war Buchhändler in London, Paris und Bern, wo er heute als Schriftsteller lebt. Er hat bislang sieben Romane veröffentlicht und wurde bereits zweimal mit dem renommierten Deutschen Krimipreis ausgezeichnet.

Alexander Heimann bei btb

Wolfszeit. Roman (72475)

Alexander Heimann

Muttertag

Roman

btb

Umwelthinweis:
Alle bedruckten Materialien dieses Taschenbuches
sind chlorfrei und umweltschonend.

btb Taschenbücher erscheinen im Goldmann Verlag,
einem Unternehmen der Verlagsgruppe Random House GmbH.

1. Auflage
Genehmigte Taschenbuchausgabe Juli 2003

Umschlaggestaltung: Design Team München
Umschlagfoto: Photonica
Satz: IBV Satz- und Datentechnik GmbH, Berlin
KR · Herstellung: Augustin Wiesbeck
Made in Germany
ISBN 3-442-73095-3
www.btb-verlag.de

1

Vor vier Monaten war Hans Kammermanns geschiedene Frau Rosmarie auf einer frühsommerlichen Wanderung in den Berner Voralpen tödlich verunglückt. Unvermutet war er frei von den ewigen Vorhaltungen und Forderungen, mit denen Rosmarie ihn auch nach der Scheidung schriftlich wie telefonisch malträtiert hatte, und vor allem brauchte er nun endlich keine Unterstützung mehr zu bezahlen. Die einzige Tochter, die in Kanada verheiratet war und bloß alle Schaltjahre einmal die Schweiz besuchte, hatte ihn nie belastet. Dafür hatte ihn Rosmarie geschröpft, wo sie konnte, ohne nur im Traum daran zu denken, wieder mit einem Partner zusammenzuleben oder eine Arbeit anzunehmen.

Wenn er über die wiedererlangte Freiheit auch nicht gerade in Euphorie gefallen war, so hatte er doch die letzten Wochen und Monate genossen. Aber gleichzeitig mit dem Sommerende war das schlechte Gewissen gekommen. Kammermann fand es auf einmal ungehörig, dass er wegen Rosmaries Tod auch nur einen Schimmer von Genugtuung empfunden hatte. Dazu war die Angst zurückgekehrt, die Angst vor einem neuen Herzinfarkt. Das war die gerechte Strafe für seine mangelnde Trauer.

Seit das Gewicht des Herbstes auf sein Gemüt drückte, tauchten die alten Schreckensbilder auf, und er brauchte nur die Augen zu schließen, um die Szene vor sich zu sehen, wie es ihn vor drei Jahren mitten im samstäglichen Einkaufstrubel vor dem Warenhaus Globus erwischt hatte. Im ersten Augenblick war es ihm vorgekommen, als hätte jemand hinterrücks eine Schlinge über ihn geworfen und damit seinen Brustkorb zusammengeschnürt bis zum Gehtnichtmehr, erst dann waren die Schmerzen gekommen. Wahrscheinlich hatte er die Attacke nur überlebt, weil zufälligerweise eine Krankenschwester zugegen gewesen war und noch vor dem Eintreffen der von Passanten herbeigerufenen Ambulanz erste Hilfe geleistet hatte. Vor seinen schreckgeweiteten Augen war es trübe geworden, bloß die ihn umstehenden Leute waren im grellen Licht erschienen, weiße Gestalten mit runden, aufgedunsenen Gesichtern und in die Länge gezogenen Leibern, die gegen unten immer dünner wurden; Wasserköpfe auf Spinnenbeinen. Die Todesangst hatte ihn wie eine Furie angefallen, während seiner ganzen Karriere als Fahnder-Wachtmeister der Berner Kantonspolizei war er nie so entsetzt gewesen.

Die nach langem Hin und Her erfolgte Scheidung mit dem ganzen Drum und Dran hatte ihn natürlich auch bekümmert. Aber sein Alltag war doch im Großen und Ganzen normal verlaufen und vor allem friedlicher als vorher. Der Infarkt hingegen, dieser Blitz aus heiterem Himmel, hatte ihn innert Sekunden völlig aus der Bahn geworfen. Nichts mehr war so gewesen wie früher: vorzeitige Pensionierung, weg vom Fenster, fürderhin unbrauchbar. Monatelange Kur im Bündnerland, keine Bergwanderungen mehr, von Klettertouren ganz zu schweigen. Erlaubt waren bloß noch Spaziergänge sowie fein dosierte Leibesübungen. Eine Katastrophe für einen einst tatkräftigen Mann, der kränkliche Mitmenschen jeweilen bloß mitleidig belächelt hatte, der dauernd aktiv gewesen war und sich auf seine Robustheit wer weiß was eingebildet hatte.

Immerhin war er damals braun gebrannt und aufgepäppelt von der Kur nach Hause zurückgekehrt, nur die immer mit Stolz getragene grau melierte Mähne war weiß geworden, sonst hatte ihn die durchlittene Krankheit äußerlich nicht gezeichnet. Für seine zweiundsechzig Jahre machte er auch heute noch eine gute Figur, seine angeborene Eitelkeit erlaubte ihm nicht, sich gehen zu lassen und seinen Körper nicht zu pflegen. Diesen Körper, in dem schlecht und recht ein Herz schlug, auf das verdammt wenig Verlass mehr war und das jeden Moment stillstehen konnte.

Es ging bereits auf den Nachmittag zu, hinter den seit Tagen herunterhängenden Nebelschleiern zeigte sich für einen Augenblick eine blutleere Sonnenscheibe. Kammermann saß in der Küche und stocherte lustlos an einer Fertigpizza herum. In den Bergen musste das schönste Herbstwetter herrschen und eigentlich war es sünd und schad, hier unten hocken zu bleiben. Er schob den Teller mit den Teigresten zurück, erhob sich von seinem Taburett, trank dabei das Glas Valser-Wasser aus und verscheuchte die Horrorbilder, die ihn eben noch drangsaliert hatten.

Für einen Ausflug an die Sonne hatte er den richtigen Zeitpunkt bereits verpasst. Da er sich seit dem Infarkt nicht mehr hinter das Steuer getraute, war er auf die öffentlichen Verkehrsmittel angewiesen, und bis er mit Zug und Postauto zum Beispiel Adelboden oder Beatenberg erreichen würde, wäre der halbe Nachmittag vorbei. Für heute müsste er sich mit einem Bummel der Aare entlang begnügen.

Seit der Scheidung hauste Kammermann im Berner Spitalacker-Quartier in einer renovierten Altwohnung, die mit ihren zwei Zimmern und der Wohnküche seinen Ansprüchen einigermaßen gerecht wurde. Außer seinen zahlreichen an Straßen- und Geländeläufen erschwitzten Medaillen hatte er nach der Scheidung nichts mitgenommen. Von der fixen Idee besessen, sein Leben neu beginnen zu müssen, hatte er alles, was Rosmarie nicht behalten wollte, entweder verschenkt oder weggeworfen und innert einer Woche neues Mobiliar angeschafft. Kein Wunder, dass die Wohnung aussah wie ein Schaufenster mit preiswerten Konfektionsmöbeln. Die über seinem Bett prangende antik gerahmte Reproduktion von Rembrandts »Der Mann mit dem Goldhelm« in Originalgröße, die das Möbelhaus gratis mitgeliefert hatte, verlieh der ganzen Angelegenheit auch nicht mehr Pfiff.

Ein Blumenstrauß, ein aufgeschlagenes Buch oder ein lässig über eine Stuhllehne geworfener Morgenmantel hätten vielleicht eine Spur von Gemütlichkeit herbeizaubern können. Aber alles war aufgeräumt und blank poliert. Kammermann hatte nichts gemein mit dem landläufigen Typ des chaotischen Junggesellen, der alles verstauben und verrotten lässt und das schmutzige Geschirr in der Badewanne sammelt. Viel eher war er, wie er sich manchmal nicht ohne Selbstironie eingestand, ein ausgewachsener Putzteufel, bei dem sich manche Hausfrau hätte eine Scheibe abschneiden können.

Sein Ordnungssinn und sein sicher auch beruflich bedingter Hang zur Haarspalterei hatten, wie in seinem Bekanntenkreis hinter vorgehaltener Hand getuschelt wurde, nicht eben dazu beigetragen, seine Ehe zu retten. Rosmarie hatte die Haushaltung immer auf die leichte Schulter genommen. Wenn sie nicht gerade wanderte, die einzige Liebhaberei, der sie beide gefrönt hatten, vertrödelte sie einen beträchtlichen Teil ihrer Zeit ausgerechnet mit dem Lesen von Kriminalromanen. Kammermann hatte sich früher höchstens mit Fachliteratur herumgeschlagen; Romane interessierten ihn nicht, Detektivgeschichten und dergleichen schon gar nicht. Dass diese in der Sonntagspresse spaltenlang gelobten Krimischriftsteller den größten Schrott zusammenschmierten, Geschichten präsentierten, die an den Haaren herbeigezogen waren und in keiner Art und Weise der Wirklichkeit entsprachen, wusste er, ohne jemals einen Kriminalroman auch nur mit dem Hintern angeschaut zu haben. Seine ewigen Vorurteile, das Gemecker auf Vorrat, wie es Rosmarie genannt hatte, waren natürlich auch alles andere als Balsam für ihre Partnerschaft gewesen.

Seit seiner vorzeitigen Pensionierung war es eigentlich noch schlimmer geworden. Er hatte nichts anderes mehr zu tun als seine Gesundheit, oder vielmehr sein Selbstmitleid, zu hätscheln, den Haushalt in Schuss zu halten oder, wenn er seine ausgedehnten Spaziergänge unternahm, sich über den allerorts augenfällig gewordenen Niedergang von Sitte und Anstand zu ärgern. Wäre seine Innenwelt ähnlich korrekt möbliert gewesen wie seine Behausung, hätte er sich glücklich schätzen können. Aber in seinem Seelenleben herrschte das Chaos, alles war verstellt und unaufgeräumt. Er wusste zwar durchaus, dass in seinem Fall positives Denken gefragt gewesen wäre. Zeitungen und Magazine strotzten vor guten Ratschlägen für Infarktpatienten oder flügellahme Scheidungsopfer, und seine ihm verbliebenen Verwandten und Freunde bliesen ins gleiche Horn. Aber wie sollte einer positiv denken, wenn er in dauernder Angst lebte, den nächsten Tag nicht mehr zu erleben, und aus allen Richtungen von Widerwärtigkeiten bedrängt wurde? Positives Denken war etwas für gesunde, von Schicksalsschlägen verschonte Menschen.

Kammermann schlüpfte in seinen Lodenmantel, fuhr mit dem Lift vom dritten Stock ins Erdgeschoss und schritt dann durch den kleinen Vorgarten, wo noch die letzten Herbstastern ihre rostfarbenen Köpfe hängen ließen, auf die Straße hinaus. Da der Spitalacker in der Höhe gelegen war, musste er einen von Treppen und Tritten durchsetzten Fußweg hinuntersteigen, um zur Aare zu gelangen.

Gerade als er den Fluss erreichte, brach die Sonne durch die Nebeldecke und ließ die Laubbäume am andern Ufer für einen Moment in feuriger Pracht auflodern, dann war das kurze Schauspiel vorbei. Die Nebeldecke legte sich wieder über die hohen Brücken, über die aufwärts strebenden Türme und Zinnen der Stadt, und es wurde noch düsterer als vorher.

Kammermann, der sich beim Abstieg nicht richtig hatte aufwärmen können, ging flussabwärts und schritt nun tüchtig aus, um nicht länger zu frösteln. Die Aare zog lautlos und tranig schwarz an ihm vorbei, ab und zu donnerten Eisenbahnzüge über den nahen Viadukt, Boten aus einer lauten, betriebsamen Welt. Hier unten war es still und einsam wie am Letzten Tag, das wirkliche Leben ging oben in der Stadt über die Bühne. Kammermann, der ohnehin nur noch halbbatzig am normalen Leben teilnahm, hatte im Augenblick nichts mehr damit zu tun.

Der Wasserstand war tief wie noch nie in diesem Jahr, die künstliche Uferböschung, von der ein fauliger Geruch heranwehte, lag unbedeckt und nackt da und hatte die Farbe abgenagter Knochen. Es waren nur wenige Menschen unterwegs, Kammermann begegnete höchstens zwei, drei Frauen, die nach ihren von der Leine gelassenen Hunden riefen. Hie und da trabten ein paar Jogger vorbei, alle gleich aussehend in ihren Leggins und eng anliegenden Käppchen, alle im selben ehrgeizigen Tempo laufend, alle überzeugt, etwas für die Gesundheit zu tun, den Körper zu stählen und dem Tod davonzurennen. Kammermann wusste es besser. Er hatte sich auch immer sportlich betätigt, war gelaufen wie ein Tier, und dennoch hatte ihn das Sägessemannli fast eingeholt und beim Wickel gepackt.

Einmal raste ein schwarzer Teufel auf einem Bike heran; eine bodenlose Frechheit, da doch hier ein allgemeines Fahrverbot herrschte. Kammermann hätte ihm am liebsten die Leviten gelesen, doch war er nicht einmal mehr für Verbotstafeln zuständig, und privat mochte er nicht reklamieren, er würde sich über Gebühr aufregen und nur seiner angeschlagenen Gesundheit schaden.

Kläglich blökende Schafe grasten auf den zum Ufer abfallenden Wiesen und setzten helle Tupfer in das bleifarbene Einerlei. Schnatternde Entenpaare durchpflügten unverdrossen und in alle Richtungen ausschwärmend die Wasseroberfläche, auf der zahllose gelbe Blätter schwammen, und weiter vorne stand ein Esel bewegungslos und wie ausgestopft in seiner Koppel.

Kammermann erreichte das jetzt verlassene und abgesperrte Flussbad, das bereits für den Winter eingemottet worden war. Die mit Graffiti aller Art besprühte Bretterwand, welche das Bad längsseits gegen den Fluss abschloss, deckte nun sämtliche vorhin noch ab und zu vernehmbaren Geräusche ab, nur vom in der Höhe gelegenen Bahndamm drang das sich rasch entfernende Rasseln eines gegen Norden fahrenden Zuges.

Und wie Kammermann nun dem knapp einen Kilometer entfernten Stauwehr entgegenging und linker Hand bloß noch das eiserne Geländer und die schwarze Masse des hier fast stillstehenden Flusses neben sich hatte, überkam ihn eine große Verlassenheit und es dünkte ihn, jenseits der Bretterwand marschiere der Tod mit ihm.

Doch am unteren Ende des Bades tat sich die Landschaft wieder auf, wurde gegenwärtig sozusagen. Obschon Kammermann jetzt hätte aufatmen können, plagte ihn weiterhin ein ungutes und bedrückendes Gefühl. Er hörte nun bereits das Rauschen des nahen Wehrs, das sich hinter vom Wasser aufsteigenden Dunstschwaden verbarg und eine Art Abschluss darzustellen schien, ein grau verhangenes Tor, hinter dem gar nichts oder auch eine schicksalsschwere Überraschung auf ihn warten mochte.

Fürs Erste bestand die Überraschung darin, dass die Sonne erneut zum Vorschein kam und die Nebelhexen langsam zum Rückzug zwang. Kammermann hob den Kopf, die blauen Löcher über ihm weiteten sich, und auf seinem Rücken nahm er sogar einen Hauch von Wärme wahr; unvermittelt fühlte er sich besser. Er würde weitermarschieren, bis hinunter nach Worblaufen oder gar nach Bremgarten und von dort aus den Bus in die Stadt zurück nehmen. Auch einem Kaffee fertig in der Reichenbachbeiz würde nichts im Wege stehen.

Gerade als er das Wehr erreichte, erschien vor ihm eine grauhaarige Frau mit einem Kinderwagen. Das war an sich nichts Besonderes, doch der alte Kriminalist Kammermann witterte sogleich, dass da irgendetwas nicht stimmen konnte. Erstens war das Sportwägelchen leer und von einem Kind weit und breit nichts zu sehen. Zweitens machte die Frau einen verwirrten und aufgelösten Eindruck. Sie fing denn auch an zu schreien und herumzufuchteln, noch bevor sie richtig herangekommen war:

»Haben Sie mein Kind gesehen? Ich habe mein Kind verloren!«

Kammermann blieb stehen.

»Was für ein Kind?«, erkundigte er sich.

»Mein Kind, einen kleinen Buben.«

Kammermann schüttelte den Kopf. Einen solchen habe er nicht angetroffen, gab er Auskunft und traf Anstalten weiterzugehen. Die Frau war ihm nicht gerade sympathisch. Die halblange graue Frisur stand zwar in einem aparten Kontrast zu ihrem noch jungen Gesicht, aber sonst sah sie ziemlich verlottert aus. Der Schlabberrock, der um ihren ausgehungerten Körper schlotterte, war zerschlissen und verdreckt. Außerdem roch sie nach Alkohol. Diese Sorte Weiber kannte er zur Genüge von seiner früheren Tätigkeit her. Marode und unordentlich, irgendeiner wurmstichigen Kommune entsprungen, jeder Anstrengung und Arbeit aus dem Wege gehend und höchstens dazu im Stande, für nichts und wieder nichts Kinder auf die Welt zu stellen, beschimpften sie einen als Scheißbullen, kaum hatte man sie auf der Straße aufgelesen und versucht ihnen freundlich zuzureden und zu helfen. Die hier war genau so eine.

»So warten Sie doch«, tat die Frau verzweifelt.

Er hatte nicht die geringste Lust, hier Flagge zu zeigen. Überhaupt kam es ihm so vor, als wäre ihm diese Schlampe mit ihrem leeren Kinderwagen schon früher begegnet. Die war doch nicht ganz bei Trost, war kaputt vor lauter Drogen und Alkohol und rannte einem imaginären Kind, einem Gespenst, nach.

»Ich weiß nicht, wo Ihr Kind ist«, rief er. »Gehen Sie zur Polizei.«

»Ich kann nicht zur Schroterei. So helfen Sie mir doch!«

Nun war Kammermann doch wieder stehen geblieben.

»Warum können Sie nicht zur Polizei?«

»Die nehmen mir das Kind weg«, schluchzte die Frau.

»Wieso?«, fragte Kammermann und verfluchte sich innerlich. Warum zum Kuckuck ließ er sich jetzt doch auf dieses hysterische Weibsbild ein?

»Die nehmen mir den Gof weg, bevor ich nur pieps sage. Darauf haben sie doch bloß gewartet.«

»Worauf haben sie gewartet?«

»Eben, dass es mit dem Kind etwas gibt. Der Vormund und die Polizei haben mir schon lange die Hölle heiß gemacht, haben mir gesagt, dass nichts mehr passieren dürfe, sonst ...« Sie begann haltlos zu weinen.

»Einen Vormund hat sie also auch«, dachte Kammermann. »Natürlich hat sie einen Vormund, was denn sonst?«

Seit die Sonne schien, waren auf einmal ganze Völkerstämme unterwegs, und es war ihm peinlich, zusammen mit dieser abgewrackten Heulsuse den blöde glotzenden Spaziergängern im Wege zu stehen. Der verflixte leere Wagen machte die Sache auch nicht einfacher.

»Kommen Sie«, brummte er und schob doch tatsächlich das Sportwägelchen eigenhändig auf den ausgetretenen Grasstreifen neben dem Fußweg. Er begriff sich selber nicht, denn nach wie vor trachtete er nach nichts anderem, als das Frauenzimmer möglichst rasch loszuwerden und seinen Marsch endlich fortzusetzen. Doch hatte es der Teufel gesehen, irgendetwas nagelte ihn fest.

Genau genommen waren es vor allem zwei Umstände, die ihn zurückhielten: Zum einen musste er daran denken, dass ihn schon lange niemand mehr um Hilfe gebeten hatte. Wohl waren nach seiner Pensionierung noch ab und zu frühere Kollegen vorbeigekommen, um ihn um Rat zu fragen oder auch nur um so zu tun, als ob sie seinen Rat nötig hätten. Aber eigentlich war er ernüchternd schnell in Vergessenheit geraten, sehr bald wollte niemand mehr etwas von ihm wissen. Zum andern hatte der Vorfall sein kriminalistisches Interesse geweckt, die Leidenschaft, eine Fährte aufzunehmen, jene unersättliche Gier nach Aufklärung, die seine Krankheit höchstens verdrängt, aber niemals vernichtet hatte. Wer weiß, vielleicht war da tatsächlich ein Kind abhanden gekommen, und es galt dahinter zu kommen, was genau sich ereignet hatte.

Kammermann blickte nachdenklich auf den schwarzen Fluss hinaus, horchte erneut auf das ihm immer unheimlicher vorkommende Rauschen jenseits des Wehrs.

»Ich an Ihrer Stelle würde trotz allem mit dem Vormund Kontakt aufnehmen«, versuchte er noch einmal auszuscheren. Dass er auf diesen Vormund bereits so etwas Ähnliches wie eifersüchtig war, hätte er nie zugegeben. »Der wird Sie nicht gleich fressen.«

»Doch, der frisst mich, der frisst mich mit Haut und Haaren, dieser Arsch wird mit mir Schlitten fahren, wie er es schon immer getan hat, und mir den Gof wegnehmen.«

»Es passt alles zueinander«, dachte Kammermann, dem die ordinäre Sprache gewisser Leute durchaus geläufig war. Gleichzeitig blickte er forschend in das sonnengebräunte Gesicht der Frau. Offenbar hielt sie sich oft im Freien auf. Er wunderte sich über ihre Jugend, die nicht recht zu den grauen Haaren passen wollte, und erst recht wunderte er sich, dass ihn ihre rauchblauen, in Tränen schwimmenden Augen auf eine seltsame Art und Weise anlockten. Er gab sich einen Ruck. Hilfsbereitschaft und berufliches Interesse und gar nichts anderes veranlassten ihn, immer noch hier herumzustehen.

»Kommen Sie«, brummte er zum zweiten Mal und zog die Frau samt Kinderwagen sachte in Richtung einer mit Wassertropfen übersäten Bank, die in unmittelbarer Nähe am Aareufer stand. »Erzählen Sie mir, was mit Ihrem Buben passiert ist.«

2

Ungefähr zur selben Zeit, da Kammermann seinen Infarkt erlitten hatte, begannen Margret und Roman Bühler ihr Familienleben endlich zu genießen.

Es war ihnen nicht immer so gut gegangen, denn die längste Zeit hatte es den Anschein gemacht, als sollte ihre Ehe kinderlos bleiben. Margret war von Frauenarzt zu Frauenarzt gerannt, dann zu den Naturheilern, einmal sogar ins nahe Ausland und endlich wieder zu einem neuen Gynäkologen, der ihr als Wundertäter empfohlen worden war. Roman hatte sich ebenfalls einer für ihn eher peinlichen Untersuchung gestellt und war sogar für ein paar Tage ins Spital eingerückt, um sich einem kleinen Eingriff zu unterziehen. Offiziell hatte es geheißen, er müsse einen Leistenbruch operieren lassen. Sie lebten mit Fieberthermometer und Monatskalender, mit Tabellen und Diagrammen und stellten weiß der Kuckuck was für Berechnungen an, so lange, bis die ganze Romantik und jede Lust auf Sex endgültig verflogen waren.

Eines Tages hatten sie von der ganzen Übung die Nase voll, sie mobilisierten all ihren Lebensmut und versuchten sich tapfer mit ihrer Kinderlosigkeit abzufinden.

Schließlich gebe es auch noch andere schöne Dinge im Leben als einen Kratten voll Babys, befand Roman und Margret doppelte nach und nannte zwei ihr bekannte Paare, deren Ehen auch ohne Kinder durchaus harmonisch verliefen.

Womit sie sich hingegen nur schwer abfinden konnten, war das zum Teil gefühllose Verhalten ihrer Verwandten und Kollegen. Margret und Roman mussten zu spüren bekommen, dass man sie nicht für so wichtig nahm wie jene Familienmitglieder, denen es gelungen war, Kinder auf die Welt zu stellen. Ab und zu schwirrten so taktvolle Bemerkungen wie »Was ist eigentlich in der Hochzeitsnacht bei euch gelaufen?« oder »Bringt ihr eigentlich nichts zu Stande?« wie giftige Pfeile aus dem verwandtschaftlichen Hinterhalt hervor. Das hatte zur Folge, dass das unglückliche Paar selbst auf weniger handfeste Bemerkungen, die meistens nicht einmal in böser Absicht geäußert wurden, überempfindlich reagierte und sich mit der Zeit einredete, dass Kinderlosigkeit zwar nicht gerade eine Schande, aber auf jeden Fall alles andere als normal sei.

Und wenn die anderen Frauen sich über ihre Bälger die Münder wund schwatzten, so konnte Margret nur staunend und höflich lächelnd zuhören und in keiner Weise mithalten. Sie wurde mit mitleidigen oder gar abschätzigen Blicken taxiert und musste sich sagen lassen, sie könne schon lachen, sie habe eben keine Ahnung, was so kleine, fürchterliche, süße Rangen für Arbeit machten und was für eine mühevolle, aber letztlich doch erfüllende Angelegenheit so ein Kindersegen eben sei.

»Verdammte Brütermütter«, dachte Margret dann jeweilen bei sich, »schiebt ihr nur Platz heischend eure Kinderwagen durch die Gegend, faltet nur die Hände über euren gesegneten Bäuchen und betrachtet mit siegesbewussten Mienen eure in den Sandkästen herumtobenden Lieblinge! Ihr werdet auch noch auf die Welt kommen, wenn die einmal aus den Spielhöschen herausgewachsen sind.«

Erneut versuchte sie dann, sich einzureden, was für immense Vorteile der kinderlose Zustand eben auch brachte, wie frei und ungebunden Roman und sie durch das Leben schlitteln konnten und wie sie für sich selber genügend Zeit hatten.

Doch jedes Mal, wenn eine ihrer Kolleginnen ein Baby kriegte und sie wieder mit einem gehäkelten Mützchen oder einem bestickten Schlüttli antrabte, um zu gratulieren, wollte es ihr schier das Herz zerreißen, und Roman, der selber viel mehr unter der Kinderlosigkeit litt, als er zugeben wollte, musste sie in die Arme nehmen und durch die Nacht trösten.

Und dann, eines schönen Tages, hatte es geklappt, Gott allein wusste, warum. Sie waren für ein paar Tage nach München verreist, um Freunde zu besuchen; sie hatten unbeschwerte Stunden in einer gelösten Atmosphäre verbracht, waren von einer Sehenswürdigkeit zur andern und von einem Biergarten zum andern flaniert und hatten zum ersten Mal seit langem keinen einzigen Gedanken an ihr so genanntes Unglück verschwendet. Kaum befanden sie sich wieder zu Hause, stellte sich heraus, dass Margret schwanger war.

Sie konnten ihr Glück kaum fassen. Margret war überzeugt davon, dass die Luftveränderung Wunder gewirkt hatte, während Roman, wenigstens was ihn betraf, die positive Veränderung dem reichlich genossenen bayrischen Bier zuschrieb.

Allerdings ging nicht alles so reibungslos vonstatten, wie man es sich gewünscht hätte. Nach der fünfunddreißigsten Woche lag das Baby immer noch mit dem Po voran in Margrets Bauch, und die Hoffnung, das Kind könnte doch noch einen Purzelbaum machen, schmolz rapide dahin; Komplikationen waren voraussehbar. Obgleich Margret wusste, dass die Steißgeburt heutzutage nicht mehr gefährlich war, ließ sie immer wieder sämtliche Horrorbilder, die mitfühlende Tanten und zwei auf neue Aufgaben lauernde Großmütter in ihr hervorriefen, Revue passieren. Die Entbindung verlief dann insofern nicht ganz reibungslos, als das Kind sich in unvollkommener Fußlage befand, zuerst mit einem Füßchen kommen wollte und so eine spontane Geburt in Frage stellte. Der Arzt jedenfalls entschied sich für einen Kaiserschnitt.

Als Margret ihren Kevin endlich in den Armen hielt, wartete sie umsonst auf das ganz große Glücksgefühl. Vielmehr umschlichen sie schwermütige Anfälle, und kaum war sie wieder zu Hause, kam sie sich völlig überfordert vor, und sie fragte sich allen Ernstes, ob sie eigentlich normal sei.

Ihr Hausarzt sprach von einer postnatalen Depression, die im Übrigen nicht gerade gang und gäbe sei, aber doch durchaus vorkommen könne, und verschrieb stimmungsaufhellende Mittel, wie er sich vornehm ausdrückte.

Die vernünftige ärztliche Betreuung, die Lektüre einschlägiger Taschenbücher und nicht zuletzt der verständnisvolle und fürsorgliche Beistand von Roman halfen ihr schließlich über die schwierigste Zeit hinweg, und noch bevor der Bub jährig wurde, konnte sie über ihre obskuren Gefühle lachen und andere junge Mütter aufmuntern, die mit ähnlichen gemütskranken Regungen zu kämpfen hatten. Ja, nun konnte sie mittratschen und mitberaten, sie kannte die gleichen Sorgen und Nöte wie die andern, und es erstaunte sie nicht im Geringsten, dass sie es fertig brachte, andern stundenlang über Mutterfreuden und Muttersorgen Löcher in den Bauch zu reden.

Indessen wäre es ungerecht gewesen, Margret als eine Frau abzuqualifizieren, die eine eigene Familie nur als Ausweis brauchte, um in der Gesellschaft bestehen zu können und ihren Ehrgeiz zu befriedigen. Sie liebte das Kind abgöttisch, jede Bewegung, die es machte, wurde mit Argusaugen beobachtet, und jeder Gix und Gax, den es von sich gab, umgehend an die Verwandtschaft übermittelt. Auch für Roman war sein Sohn das Wichtigste auf der Welt, und es schüttelte ihn jeweilen förmlich vor Stolz, wenn er unter Kollegen von seiner Familie schwärmte. Die gleichen Leute, die sich früher über Bühlers Kinderlosigkeit mokiert hatten, grinsten nun im Geheimen und fanden, man könne auch alles übertreiben und so ein Kind sei schließlich auch nicht der Mittelpunkt des Universums.

Ein Wermutstropfen allerdings fiel in das Bühler'sche Familienglück, als sich herausstellte, dass Kevin ohne Geschwister bleiben würde. Indessen ließ man sich deswegen nicht verdrießen, man besaß eine Familie, wenn auch nur eine kleine, und zu Kevins zweijährigem Geburtstag gab es ein großes Gartenfest, zu dem Krethi und Plethi eingeladen wurden.

Bühlers wohnten in Zollikofen am Bärschwendiweg im eigenen, villenartigen Haus, das erst seit Kevins Geburt einigermaßen heimelig geworden war. Vorher hatte es darin ähnlich ausgesehen wie in Kammermanns Logis, alles war wie geleckt gewesen, und die Stimmen des Ehepaars Bühler hatten seltsam trostlos von den roh verputzten Wänden widerhallt. Auch der weitläufige Garten war nicht länger ein Schauobjekt, sondern erfüllte endlich seinen Zweck. Der ehemals gehätschelte Rasen machte manchmal einen leicht ramponierten Eindruck, und das zwischen dem Gigampfi und dem Sandkasten umherliegende Spielzeug sorgte für fröhliche Unordnung. Kevin und seine Gspänli aus der Nachbarschaft konnten sich austoben nach Lust und Laune, und wenn hie und da ein Ball in die Blumenrabatten flog und Schaden anrichtete, so nickten sich Kevins Eltern zu und waren sich einig, dass der Garten nicht zum Anschauen, sondern zum Brauchen da sei.

Der Geburtstag fiel auf den zweiten Samstag im Mai, genau auf den Samstag vor Muttertag, und das Wetter zeigte sich übellaunig, wie es das gerne zu tun pflegt um diese Jahreszeit. Der Tisch mit den Kuchen und Säften musste mehrmals umgestellt werden, die kleinen und großen Gäste zügelten andauernd zwischen Garten, gedecktem Vorplatz und Wohnräumen hin und her, und wenn Margret ihre verschmutzten Spannteppiche betrachtete, wurde ihr trotz aller Kinderliebe etwas weh ums Herz.

Laut der Voraussage von Radio extraBERN schien sich das Wetter für den Muttertag bessern zu wollen. Darum ließen sich Bühlers von zwei befreundeten Familien, die sich unter den Geburtstagsgästen befanden, dazu überreden, am nächsten Tag mit Kind und Kegel einen Ausflug ins Grüne zu unternehmen. Margret war zwar der Auffassung, am besten würde man hier bleiben und den Garten genießen. Aber als Roman mit sanfter Stimme darauf hinwies, dass man nicht immer zu Hause hocken könne und dass ein Picknick im Freien für Klein Kevin ein nachhaltiges Erlebnis sein würde, bockte sie nicht länger.

Der Muttertag zeigte sich vorerst von der allerliebsten Blustseite. Man fuhr in zwei Opel und Bühlers rotem Volvo Richtung Wohlen-Frieswil. In der Nähe von Detligen kannten Roman und Margret eine ideale Waldlichtung voller Baumstrünke, blühender Erdbeerstauden und wuchernder Hecken, hinter denen die Kinder sich prächtig verstecken konnten.

Es war ein Familienausflug, wie er im Buche steht: Bühlers mit ihrem kleinen Sonnenschein, dann Walter und Dorli Leuch mit den beiden Mädchen Sara und Noémi und endlich die Hauensteins samt Tochter Laura und Sohn Philipp. Walter Leuch war früher ein Arbeitskollege von Roman gewesen, später hatten sich ihre Wege getrennt. Roman bekleidete den Posten eines Chefbuchhalters in der Buchdruckerei Stämpfli, Walter Leuch arbeitete als Disponent bei der Ascom. Peter Hauenstein war Sekundarlehrer in Bümpliz. Seine Frau Ursula, die Margret Bühler von früher her kannte, hatte ebenfalls ein volles Pensum an der gleichen Schule, daneben erteilte sie privaten Klavierunterricht und schrieb Artikel für den »Berner Bären«. Eine fleißige Biene, in der Tat, und männiglich fragte sich, wie sie das alles schaffte, ohne daneben die Familie zu vernachlässigen. Margret Bühler und Dorli Leuch jedenfalls, die beide genug zu tun hatten mit ihren Mutter- und Familienpflichten, kamen sich neben diesem Allerweltsweib, wie sie beide Ursula heimlich benamsten, ziemlich kümmerlich und unbedeutend vor.

Kevin war das kleinste der fünf anwesenden Kinder und darum wurde er von allen Seiten gehätschelt und getätschelt. Die beiden Leuch-Mädchen gingen bereits zur Schule, Laura Hauenstein besuchte ebenfalls schon die erste Klasse, nur ihr Bruder Philipp watschelte noch in den Kindergarten.

Man begann die Fahrzeuge zu entladen; Kühlboxen und Picknickkörbe kamen zum Vorschein, daneben Reisedecken, Liegestühle und ein Gartengrill. Hauensteins hatten zum großen Gaudium der ganzen Gesellschaft sogar eine Hängematte mitgeschleppt, die sogleich zwischen zwei Baumstämmen befestigt und von den Kindern abwechslungsweise in Beschlag genommen wurde. Kevin, der natürlich noch zu klein war, um die Matte selbstständig zu erklimmen, wurde von den andern hineingelegt und sachte hin und her geschaukelt. Er kreischte vor Vergnügen.

Unterdessen hatten die Männer den Grill in Gang gesetzt und es dauerte nicht lange, so verbreitete sich der unverkennbare Duft von gebratenen Cervelats und Schweinsplätzli über die von der Maisonne beschienene Lichtung. Roman öffnete mit wissender Miene eine Weißweinflasche, die er der orangen Kühlbox entnommen hatte, dann wurde mit Plastikbechern angestoßen. Die Kinder kriegten gekühlten Pfefferminztee oder Himbeersirup. Dorli Leuch verwöhnte ihre Töchter an Sonntagen zwar ganz gerne mit einem Cola oder sonst einer Limonade, aber sie scheute die wahrscheinlich berechtigten Einwände der praktischen und gesundheitsbewussten Ursula, die einmal mehr gegen Süßstoffe, Kohlensäure und amerikanische Giftmischerei gewettert hätte.

Das Fleisch war zwar außen etwas angebrannt, dafür innen noch halb roh und schmeckte darum geradezu klassisch. Im Übrigen waren alle entzückt, wie herzig Kevin an seiner verzworggelten Cervelat herumknabberte und seine fettigen Händchen am Latz der Jeans abputzte.

Als der erste Hunger gestillt war und die Kaffee-Ente bloß

noch schlürfende Laute von sich gab, lehnten sich die Erwachsenen wohlig in ihren Liegestühlen zurück oder räkelten sich auf Wolldecken und quatschten über Gott und die Welt, über die leidigen Probleme im Berufsleben und natürlich über die Kinder und wieder über die Kinder. Kevin, der im Augenblick auf Romans Knien saß, musste zeigen, wie kräftig er schon sei.

»Zeig, wie stark du bist«, rief der stolze Vater, und der Sohn krümmte seine Ärmchen, schüttelte die kleinen Fäuste und biss die Lippen zusammen. Männiglich war begeistert und applaudierte, so, als hätte man einer gelungenen Zirkusnummer beigewohnt.

Sonnenlicht verdrängte die neben den hellgrünen Büschen liegenden Schatten, in einem blühenden Schlehdornstrauch summten die Bienen und ein Deckel von sanfter, vorsommerlicher Wärme legte sich über die ganze Lichtung.

Die Kinder balgten sich herum, kreischten und lachten oder verhielten sich für einen Augenblick auch völlig ruhig, weil sie zwei Häuschenschnecken beobachten mussten, die langsam über eine Steinplatte krochen und ihre silbernen Spuren hinterließen. Sara, das ältere der Leuch-Mädchen, setzte die beiden Schnecken schließlich dicht zueinander und erklärte, sie seien jetzt verheiratet. Die andern Kinder kicherten und wussten nicht, warum, bloß Kevin nahm von den Schnecken keine Notiz mehr und machte sich daran, einem dürren Tannzapfen die locker sitzenden Schuppen auszureißen.

Roman und Margret lagen jetzt nebeneinander auf einer Decke und blinzelten durch das Ästegewirr der vereinzelt umherstehenden Bäume in den mittagsblauen Himmel hinauf. Einmal stützte sich Roman auf den Ellbogen und blickte seiner Frau liebevoll ins Gesicht. Wegen ihrer tiefschwarzen Haare, zu denen die hellblauen Augen in ihrem vollen, hellhäutigen Gesicht einen aparten Kontrast bildeten, nannte er sie, wenn er zum Schmeicheln aufgelegt war, seine »irische Schönheit«. Roman selber war bei der Verteilung der Hübschheit eher benachteiligt worden. Seine kurzsichtigen Augen blickten durch die starken Brillengläser recht kritisch in die Welt, so, wie es sich für einen Buchhalter gehört. Die Nase zog sich etwas zu sehr in die Länge, was ihm seinerzeit in der Schule auch prompt den Übernamen »Zwerg Nase« eingetragen hatte. Dafür gab ihm die von einem rötlichen Haarkranz umwucherte Glatze beinahe einen akademischen Anstrich. In seinem Nacken verbreitete sich seit kurzem ein flechtenförmiger Ausschlag, der laut Arzt auf den ewigen Stress am Arbeitsplatz zurückzuführen war.

Dorli blätterte in der letzten Nummer von »Meyer's«, Ursula hatte sich die Reclam-Ausgabe »Deutsche Gedichte 1930–1960« mitgebracht. Ihre Männer hatten noch einmal Wein nachgeschenkt und unterhielten sich mit verhaltenen Stimmen über EDV-Probleme im schulischen und im technischen Bereich. Hinter den Brombeerhecken tschilpten die Kinder.

Und Margret blinzelte noch immer in den Himmel hinauf, ein lichter Schleier legte sich über ihre Augen, beinahe wäre sie eingeschlafen. Sie setzte sich auf und rief mehrmals nach Kevin, der schließlich angetrabt kam. An seinen Kleidern klebte die halbe Waldlichtung. Margret befreite ihn von Nadeln, allerhand Blättchen und Gräsern und schlug vor, er solle sich neben sie legen und ein Schläfchen machen. Der Kleine protestierte energisch und erklärte, mit den andern Kindern spielen zu wollen. Also kriegte er einen Sirup und die Ermahnung, lieb zu sein, dann wurde er mit einem leichten Klaps auf den kleinen Hintern entlassen.

Er stürmte davon; Margret schaute ihm stolz lächelnd nach. Wie adrett er doch aussah mit seinem dunkelblonden, von einem rötlichen Schimmer getönten Lockenkopf und wie er in letzter Zeit gewachsen war.

Margret legte sich abermals hin und wieder wurden ihre Augenlider schwer. Sie wollte nicht richtig schlafen, sondern bloß ein bisschen Siesta halten, wie sie sich einredete. Sie drehte den Kopf und erblickte eine Krähe, die wie aus dem Boden gewachsen in der Nähe auf einem Baumstrunk saß und leise ihre schwarz gleißenden Flügel bewegte. Der Vogel gefiel Margret nicht. Sie klatschte in die Hände, doch flatterte er erst davon, als sie mit einem Tannzapfen nach ihm warf.

Einmal rannte eines der Kinder vorbei. Das Licht flirrte. Peter und Walter waren mit ihrem Gespräch zu Ende gekommen, Ursula und Dorli hatten ihren Lesestoff zu Boden fallen lassen und waren eingenickt. Auch Roman schnarchte ab und zu leise vor sich hin und juckte dann gleich wieder auf. Das Licht flirrte. Irgendeinmal schob sich eine Wolke vor die Sonne, für einen Moment machte sich Düsternis breit.

Margret hob den Kopf, beinahe fröstelte sie. Es war eben noch nicht Sommer; sobald die Sonne nicht schien, wurde es augenblicklich kühl. Sie schaute zu den Kindern hinüber, die sich am Rand der Lichtung aufgereiht hatten und ein wunderliches Spiel zu treiben schienen, »Bäumchen tauschen« oder etwas Ähnliches. Dort strahlte schon wieder die Sonne. Für einen Augenblick konnte Margret ihren Sohn nirgends entdecken, bis sie merkte, dass er etwas abseits, klein und unscheinbar, im Schatten einer Brombeerhecke stand. Erleichtert atmete sie auf und legte sich abermals hin.

Die Wolke hatte sich verzogen, die Sonne stand bereits etwas schräg am Himmel und ihr Schein zitterte erneut zwischen Baumästen und Laubwerk hindurch und verbreitete eine heimtückische Wärme. Die Bienen summten, und in den Hecken zwitscherten die Spatzen. Vom Waldrand her ertönte das Gelächter der Kinder. Sonst lag alles im Halbschlaf, döste vor sich hin und nachmittägliche Trugbilder schwebten über die Lichtung.

Und Margret war eingeschlafen, aber seltsamerweise wusste sie, dass sie schlief. Und sie wusste auch, dass sie nicht hätte schlafen dürfen, denn irgendetwas stimmte nicht. Dieses Sonnenlicht war falsch, der Waldschlag hatte sich verändert, war nicht mehr grün und frühlingshaft, sondern kahl und verödet und voll von bedrohlichen Schatten, die immer näher herankrochen.

Margret schreckte auf, die befremdliche Stille, die auf einmal herrschte, hatte sie geweckt. Das Licht flirrte und tat ihr nun beinahe in den Augen weh. Die Kinder hatten sich vom Waldrand gelöst, in zwei Grüppchen kamen sie, wie von Zauberhand geführt, langsam heran. Margret starrte ihnen entgegen, und ihr Herz begann heftig gegen ihre Kehle zu schlagen.

»He!«, rief sie und ihre Stimme klang schrill. »He! Wo ist Kevin?«

3

Sie sei mit dem Kinderwagen der Aare entlangspaziert, erklärte die Frau. Für einen Augenblick habe sie sich auf einer Bank ausgeruht, nach einem kurzen Nickerchen sei sie aufgeschreckt und habe den Buben nirgends mehr gesehen.

»Wie heißt der Bub überhaupt?«, erkundigte sich Kammermann.

»Roli ... Roland«, verbesserte sie sich.

»So, Roland. Und wie heißen Sie selber?«

»Sile.«

Kammermann blickte sie irritiert an.

»Sile, Sile! Silvia meinen Sie wohl?«

»Ja also, Silvia halt dann«, erwiderte die Frau gelangweilt. »Siegenthaler, Frieda Hanna, genannt Silvia.«

»Wieso dann Silvia?«

»Weil Frieda Hanna ein absolut doofer Name ist, darum.«

»Und Sie sind aus Bern?«

»Ja, natürlich. Wieso wollen Sie das überhaupt so genau wissen? Sind Sie etwa ein Polyp?«

Kammermann schüttelte den Kopf. Dass er nicht bestätigte, Polizist zumindest gewesen zu sein, überraschte ihn selber. Wahrscheinlich befürchtete er, ihr anfängliches Vertrauen wieder einzubüßen, wenn er sich zu seinem einstigen Beruf bekennen würde. Dabei fragte er sich erneut, ob er ihr Vertrauen überhaupt gewinnen wollte, ob er richtig handelte, wenn er sich weiterhin mit ihr befasste. In seinem Hirn leuchteten Warnschilder auf, doch seltsamerweise mochte er diese nicht beachten.

Sie standen noch immer da; die Bank war zum Sitzen zu nass. Sie standen da, er ein stattlicher, soignierter Herr im Lodenmantel, daneben sie, in einem für diese Jahreszeit viel zu leichten Faltenrock. Sie war einen Kopf kleiner als er, eine huschelige Person mit grauen, nebelfeuchten Haaren. Die Leute, die vorbeibummelten, warfen neugierige Blicke auf das seltsame Paar und den leeren Kinderwagen. Kammermann setzte einen Fuß auf die äußerste Kante der Bank und stützte den Ellbogen auf das angewinkelte Knie. Die Frau stand daneben und schob mit einer Hand den Wagen hin und her.

»Wie heißen Sie überhaupt, wenn man fragen darf?«, erkundigte sie sich mit träger Stimme.

Kammermann nahm den Fuß von der Bank. Tatsächlich hatte er vergessen, sich vorzustellen. Wie unkorrekt!

»Kammermann«, murmelte er und produzierte den Ansatz einer Verbeugung. »Hans Kammermann.«

»Freut mich«, machte sie lapidar und guckte ihn seltsam fragend an, so als ob sie von ihm weiß nicht was für Offenbarungen über seine Person erwartet hätte. Aber Kammermann war vorläufig nicht gesonnen, ihr mehr als seinen Namen zu verraten. Was hätte er ihr schon erzählen sollen? Dass er ein abgetakelter Polizist war, ein Frührentner, der nicht einmal mehr Sport treiben durfte, dass er nirgends mehr etwas zu bestellen hatte, dass er geschieden war, verwitwet ... Ja, was zum Teufel war er eigentlich, verwitwet oder geschieden oder beides zusammen? Er konnte doch nicht geschieden sein von jemandem, der nicht mehr lebte, und umgekehrt konnte er nicht plötzlich verwitwet sein, wenn er vorher geschieden gewesen war. Er würde noch heute Abend das Familienbüchlein hervorholen, nachschauen, was das Amt dort eingetragen hatte.

»Sie haben also ein Nickerchen gemacht, wie Sie so schön sagen«, fuhr er seinerseits mit den Erkundigungen fort, »und als Sie erwacht sind, war das Kind verschwunden.«

Sie nickte und fummelte mit einem schmutzigen Taschentuch an ihrer Stupsnase herum.

»Haben Sie vorher das Kind aus dem Wagen genommen?«

»Wann vorher, wie vorher?«

»Während Sie geschlafen haben, hat da das Kind im Wagen gesessen oder ist es draußen gewesen?«

»Ich habe nicht gepennt, verdammt noch mal«, belferte sie, und ihr vorheriges, gelangweiltes Gehabe war auf einmal verschwunden. »Bloß ein bisschen vor mich hin gedöst habe ich. Eine Verschnaufpause war mir wohl zu gönnen, ich bin den ganzen Vormittag am Krampfen gewesen.«

»Oder am Saufen«, dachte Kammermann. »Die hat doch geschlafen wie ein Stock und das Kind ist aus lauter Verzweiflung auf und davon.«

»Jetzt weiß ich noch immer nicht, ob das Kind im Wagen gesessen hat, während Sie ge ... gedöst haben.«

»Er wollte unbedingt die Enten anschauen, da habe ich ihn aus dem Wagen genommen und bin mit ihm ans Ufer hinuntergegangen. Nachher habe ich ihn neben mich auf die Bank gesetzt.«

»Kann der Bub allein sitzen?«, erkundigte sich Kammermann. »Ich meine, kippt er nicht um, wenn man ihn nicht festhält?«

Sie schaute ihn so groß an, als wollte sie sagen, unter seiner Schädeldecke würden wohl seltsame Vögel nisten.

»Natürlich kann der sitzen, der hat schon mit anderthalb kein Sesseli mehr gebraucht.«

»Wie alt ist er jetzt?«, fragte Kammermann, der sich zu seiner Schande eingestehen musste, dass er keinen Schimmer mehr hatte, in welchem Alter Kinder gehen lernen oder wann sie reden können. Alles, was noch in einem Wägelchen saß, war für ihn klein, sprachlos und unbeholfen; lebensunfähig sozusagen.

»Zweijährig ist er in diesem Sommer geworden«, erklärte Sile, oder Silvia, oder wie sie auch immer heißen mochte.

»Schön«, stellte Kammermann fest. »Dann ist also Roland von Ihnen unbemerkt von der Bank geklettert und davongelaufen?«

»Offenbar.«

»Und dann haben Sie ihn gesucht?«

»Was heißt da gesucht? Wie eine Verrückte bin ich der Aare entlanggedüst, netto anderthalb Stunden lang, bis hinunter nach Worblaufen und wieder retour. Ich habe alle Leute angequatscht, die mir über den Weg gelaufen sind, bin in jedes verdammte Gebüsch gekrochen und am Ufer umhergeklettert, dabei noch halb ins Wasser gefallen und beinahe ersoffen. Nichts! Nirgends eine Spur von ihm.« Sie begann wieder zu heulen.

Kammermann blickte sich geniert um, aber nun waren kaum noch Leute unterwegs. Graue Schwaden begannen die blauen Himmelslöcher erneut zu verstopfen, vom schimmeligen Flussufer kroch die Kälte heran und das Tageslicht sickerte immer spärlicher durch die Nebeldecke. Kammermann fröstelte, und wenn er die Siegenthaler anschaute, so zitterte sie vor Kälte. Sie sah erbarmungswürdig aus.

Er habe keine Lust mehr, hier herumzustehen, erklärte er und schlug vor, einen hilberen Ort aufzusuchen. Die Frau nickte widerstrebend und sandte einen letzten, verlorenen Blick flussabwärts.

Sie hätten sich natürlich zusammen auf die Suche nach Roland machen können, sagte sich Kammermann. Aber was wäre die Folge davon gewesen? Wenn die Frau ihren Sohn nicht gefunden hatte, warum sollte er ihn dann finden? Wahrscheinlich hatte jemand den Buben aufgefischt, mitgenommen und auf den nächsten Polizeiposten gebracht; abgegeben auf dem Fundbüro wie einen liegen gelassenen Schirm.

Über den asphaltierten Fußweg stiegen sie nebeneinander das steile Flussbord hinauf. Kammermann schob das leere Wägelchen, das nach wie vor völlig sinnwidrig aussah. Der von Bäumen und Sträuchern halb abgedeckte Fluss glich von hier aus eher einem schwarzen Teich und das Rauschen des Stauwehrs war bloß noch aus der Ferne zu vernehmen. Zum Glück befanden sie sich hier außerhalb des Zentrums, somit weit vom Schuss, und das Risiko war klein, einem Bekannten oder gar Verwandten zu begegnen. Wenn er sich vorstellte, er wäre gezwungen gewesen, seine dubiose Begleiterin vorzustellen oder zu erläutern, warum ausgerechnet er einen leeren Kinderwagen vor sich herschob, so sträubten sich seine weißen Nackenhaare.

Wenig später landeten sie im »Brothüsi« in der hinteren Lorraine. Die Beiz, die im Volksmund bloß »Hüsi« hieß und in der man bereits die gelb schimmernden Lampen angezündet hatte, war ziemlich voll und sie mussten in der vordersten Ecke nahe bei der Tür Platz nehmen. Aber niemand zeigte Interesse an ihnen, denn es war dies ein nicht bestbeleumdetes Lokal, in dem man sich an allerhand gewöhnt war und wo niemand den Kopf zweimal drehte, wenn ein kurliges Paar auftauchte.

Zu Kammermanns Überraschung bestellte Sile bloß ein Cola Light, und so hielt er sich auch nicht dafür, den schon lange ersehnten Kaffee mit Schnaps zu bestellen, und begnügte sich mit einer Schale Gold.

Auf einmal kam ihm in den Sinn, dass sie sich hier in der Nähe der Kantonspolizei am Nordring befanden, und erneut beschlich ihn ein beklemmendes Gefühl, wenn er daran dachte, dass sich zufälligerweise ein ehemaliger Kollege in dieses Lokal verirren könnte. Wahrscheinlicher erschien allerdings, dass einer von Kammermanns früheren »Kunden« hier auftauchte, war doch das »Hüsi« unter anderem ein beliebter Treffpunkt ehemaliger Strafgefangener. Ein Zusammentreffen mit einem solchen Bekannten wäre ebenfalls peinlich gewesen, und er hörte bereits die hämischen Bemerkungen über den Herrn Wachtmeister und seine illustre Begleitung.

Und wie sie nun beide dahockten und ihre faden Getränke schlürften, wurde es Kammermann immer mulmiger zu Mute, und erneut musste er sich fragen, welcher Teufel ihn geritten hatte, sich dieser leidigen Angelegenheit anzunehmen und mit diesem Weibsbild an einem gewöhnlichen Werktag in der Pinte zu sitzen. Noch vor zwei Stunden war er ein völlig freier Mann gewesen und – schwupp, ohne es je gewünscht, geschweige denn gewollt zu haben, befand er sich in dieser abstrusen Situation. Er musste daran denken, wie es ihm heute Nachmittag für einen Moment vorgekommen war, als würde das Schicksal in Person hinter dem grau umnebelten Stauwehr warten, und er ahnte, dass sich sein Leben wegen der Nichtigkeit eines leeren Kinderwagens wieder einmal gänzlich verändert hatte.

Weniger Ahnung hatte er davon, was er jetzt eigentlich anfangen sollte. Warum sollte er sich auf die Suche nach Roland machen? Wo sollte er schon suchen? An der Aare unten, in der Stadt? Es ging hier wirklich um die berühmte Stecknadel im Heuhaufen. Viel mehr, als sich bei der Polizei, zu der er immerhin noch eine Beziehung hatte, diskret umzuhören, konnte er beim besten Willen nicht tun. Aber selbst da wusste er nicht recht, wie er vorgehen sollte, ohne sich penetranten Fragen auszusetzen.

Und was sollte er mit dieser Frau beginnen, die mit der Polizei aus begreiflichen Gründen absolut nichts zu tun haben wollte, die dasaß wie ein Fuder Hudle und ihn über den Rand ihres Cola-Glases hoffnungsvoll ansah? Offenbar erwartete sie tatsächlich Hilfe von ihm. Im Übrigen war ihm schleierhaft, wie sie, falls das Kind nicht innert nützlicher Frist wieder auftauchte, zum Beispiel dem Vormund das Verschwinden Rolis erklären wollte. Daneben hatte sie sicher Verwandte, Kollegen, die von dem Jungen wussten und sich fragten, wo er stecken mochte. Außerdem war er natürlich bei der Einwohner- und der Kirchgemeinde registriert. Allerdings musste sich Kammermann sagen, dass es tausend Ausreden gab, um selbst die längere Abwesenheit eines Familienmitgliedes zu erklären; und solange der Bub nicht zur Schule gehen musste, kümmerten sich wohl auch offizielle Stellen nicht groß um ihn.

Sile hatte unterdessen ihr Glas ausgetrunken und fuhr mit dem Zeigefinger an der Tischkante hin und her. Da sie jetzt nicht mehr vom erbarmungslosen Tageslicht bloßgestellt wurde, sah sie eigentlich recht geheimnisvoll aus, in ihren Augen machte Kammermann den seltsam graublau schimmernden Glanz aus, der ihm schon früher aufgefallen war, und einen direkt unbedarften Eindruck machte sie eigentlich auch nicht.

»Besaufen«, überlegte Kammermann, »eigentlich sollte ich mich zusammen mit diesem schitteren, aber irgendwie faszinierenden Frauenzimmer, das mir zugelaufen ist wie eine räudige Katze, randvoll besaufen und alles vergessen und es endlich genießen, mit jemandem zusammen zu sein, der mir gegenüber wenigstens eine gewisse Anhänglichkeit zeigt.«

Ohne sie zu fragen, bestellte er noch einmal Cola und für sich eine weitere Schale. Am liebsten hätte er Sile vorgeschlagen, zusammen einen Halben zu trinken, aber er fühlte, wie grotesk es gewesen wäre, wenn ausgerechnet er sie heute zum Trinken animiert hätte. Abgesehen davon hatte er früher bei jeder Gelegenheit gepredigt, dass man mit Alkohol keine Probleme löse.

Es gab nur einen einzigen vernünftigen Ausweg aus dem Schlamassel, nämlich das anzukehren, was er ihr bereits beim Stauwehr unten vorgeschlagen hatte: einen Gang zur Polizei oder wenigstens zum Vormund.

»Also«, ließ er sich endlich vernehmen, »am besten gehen

wir jetzt zusammen zur nächsten Polizeidienststelle und melden Ihren Sohn als vermisst.« Logischerweise musste er wieder an die Polizeikaserne am Nordring denken.

Wenn Sile an der Aare unten noch getan hatte wie die Katze am Draht, als er ihr mit diesem Vorschlag gekommen war, so schaute sie ihn jetzt bloß mit großen, traurigen Augen an. Für einen Moment gelang es ihm, ihren Blick auszuhalten, dann senkte er den Kopf. Er hatte sie enttäuscht, ohne Zweifel. Er hatte sie enttäuscht! Instinktiv fasste er nach ihrer Hand.

»Ja, was schlägst du denn vor, Silvia?« Es war das erste Mal, dass er sie duzte.

Sie schüttelte bloß den Kopf, die Tränen flossen in Bächen über ihre eingefallenen Wangen und tropften auf das Tischblatt. Kammermann, der um keinen Preis Aufsehen erregen wollte, versuchte sie mit unbeholfenen Worten zu beschwichtigen. Aber es nahm noch immer niemand Notiz von ihnen, in dieser Wirtschaft wurde gelacht, gestritten und geheult, wen kümmerte es schon.

»Sie sucht Anschluss«, fuhr es Kammermann durch den Kopf, »sie sucht Anschluss und Geborgenheit, sie ist mir tatsächlich zugelaufen. Sie selber ist ein verloren gegangenes Kind. Möglicherweise stimmt das mit dem abhanden gekommenen Sohn wirklich nicht, und der leere Kinderwagen ist bloß ein Vorwand, um Beachtung zu erheischen.«

Und so saß er da, in dieser Proletarierspunte, in der sich die Feierabendstimmung allmählich durchsetzte und die Stumpenrauchschwaden ob all dem Gepolter und Gewieher immer mehr in Bewegung gerieten. Er saß da, stierte in seine schon wieder halb leere Kaffeetasse und wurde drangsaliert von einem unerklärlichen Mitleid, das sich wie ein Virus in sein Herz geschlichen hatte, und es war glücklich so weit, dass nicht länger er den Ton angab, sondern dass er sich bei ihr erkundigte, was am besten zu unternehmen sei. Waren sie bereits nach so lächerlich kurzer Zeit eine Schicksalsgemeinschaft geworden?

4

Auch Margret Bühler konnte dem Schicksal nicht entrinnen, als sie an jenem Muttertag in der Waldlichtung aufschreckte und Kevin nirgends sehen konnte.

Ihr hysterisches Geschrei beantworteten die andern Kinder mit einem erschrockenen Zusammenfahren, dann machten sie kehrt und rannten dorthin zurück, wo sie hergekommen waren.

»Kevin!«, schrien sie, »Kevin! Kevin!«

Wer bis jetzt noch faul dagelegen und vor sich hin geträumt hatte, erwachte jäh aus dem Halbschlaf und juckte auf.

»Verfluchter Weißwein«, dachte Walter Leuch als Erstes und griff sich an den Schädel, in dem ein verhaltener Schmerz pochte. Es gab doch kaum etwas Widerwärtigeres als das mühsame Zurückfinden in die Gegenwart, nachdem man angesäuselt an der Sonne eingeschlafen war. Er musste warten, bis sich die Waldlichtung nicht mehr um ihn drehte, dann folgte er den andern, die sich bereits aufgemacht hatten, um ihren nach Kevin rufenden Kindern nachzueilen. Noch hatte er keine Ahnung, was die allgemeine Aufregung zu bedeuten hatte, doch sollte er es bald genug erfahren.

Kevin sei verschwunden, wurde er ins Bild gesetzt, als er am Rande der Lichtung anlangte; die andern Kinder hätten zu wenig auf ihn aufgepasst.

»Natürlich haben wir auf ihn aufgepasst«, protestierte Sara Leuch, der die Tränen zuvorderst standen.

»Der wird nicht weit sein«, versuchte Walter Leuch die aufgeregte Gesellschaft zu beruhigen. »Sicher steht er hinter dem nächsten Gebüsch und spielt Verstecken mit uns.«

Margret war bereits hinter den Bäumen verschwunden und man hörte bloß noch ihre von Panik erfüllte Stimme:

»Keeevin!«, rief sie, »Keeevin! Keeevin!«

Auf einmal ließen sich breitbandige Schatten nieder, doch verzog sich die Sonne bloß vorübergehend hinter den höchsten Baumkronen und brach dann erneut zwischen Ästen und Zweigen hervor und tauchte den Picknickplatz in goldenes Licht.

Und wie nun auch die andern in den Wald hineinliefen, um nach Kevin zu suchen, hatten sie das Gefühl, vom Tag in die Nacht gewechselt zu haben. Eine fröstelige Düsterkeit machte sich breit, nur ab und zu drangen ein paar Lichtbündel wie Bühnenscheinwerfer durch das Geäst und bestrichen die Baumstämme oder setzten helle Flecke auf den moosbewachsenen Waldgrund.

Sie rannten planlos hin und her, ohne dabei allerdings die Lichtung aus den Augen zu verlieren, sie zwirbelten um Stämme herum und guckten hinter jeden Busch, der groß genug erschien, um Kevin zu verbergen. Der ohnehin schon aus dem Häuschen geratene und von heftigem Herzklopfen heimgesuchte Roman stellte besorgt fest, dass auch von Margret im Augenblick nichts zu merken war, sie musste tiefer in den Wald eingedrungen sein.

»Halt!«, rief endlich Peter Hauenstein. »Halt, sichern! Es hat keinen Zweck, dass wir wie ein sturmer Wespenschwarm im Wald herumsausen.« Er beorderte die Kinder zu sich und fragte sie, wann und wo sie Kevin zuletzt gesehen hätten.

Nach einem aufgeregten Palaver, bei dem alle durcheinander redeten, stellte sich heraus, dass die Kinder »Beobachterlis« gespielt hatten, ein Spiel, bei dem es darum ging, sich möglichst nahe an ein überwachtes Ziel heranzuschleichen, ohne von den Wächtern bemerkt zu werden. Kevin war angeblich immer dabei gewesen, aber ohne richtig mitzumachen. In der Hitze des Gefechtes hatten sie nicht dauernd auf ihn geachtet und ihn überhaupt vergessen, bis zum Augenblick, da sie zum Picknickplatz zurückkehrten und Margret sich nach seinem Verbleib erkundigte.

»Was heißt da vergessen?«, regte sich Roman auf. »Das gibt es doch nicht. Jemandem von euch muss doch aufgefallen sein, dass er auf einmal nicht mehr da war. Habt ihr denn keine Augen im Kopf?«

»Er hat ja nicht mitgespielt«, schluchzte Sara, »er ist die ganze Zeit unter einer Tanne gesessen und hat mit Knebelchen und Tannzapfen gespielt.«

»So ein Quatsch. Woher willst du das wissen, wenn doch keines von euch auf ihn aufgepasst hat?«

»Wir haben schon auf ihn aufgepasst, bloß nicht ... nicht die ganze Zeit«, schnupfte Noémi, die ihrer Schwester zu Hilfe kommen wollte.

»Aba«, jammerte Dorli Leuch, »so ein Seich, ich kann es nicht glauben, so ein Seich.«

»Laura! Philipp!«, rief Ursula Hauenstein. »Denkt nach, wann und wo habt ihr ihn zuletzt gesehen?«

»Eben, vorher, bei der Tanne«, antwortete Laura. Ihr kleiner Bruder sagte nichts, ihn schien der ganze Aufruhr nur mäßig zu bewegen; er wandte sich ab und begann mit der Schuhspitze weite Kreise in den dicht mit Nadeln übersäten Boden zu zeichnen.

»Philipp!« Ursula war in drei Schritten bei ihrem Sohn und packte ihn resolut am Arm. »Willst du so gut sein! Du bist alt genug, um artig Auskunft zu geben. Wo hast du Kevin zuletzt gesehen?«

Philipp entwand sich dem harten Griff seiner Mutter und drückte ein paar Tränen hervor.

»Es hat keinen Zweck, noch länger auf den Kindern herumzureiten«, ließ sich Walter Leuch vernehmen, »es kommt dabei doch nichts Gescheites heraus.«

»Das ist auch meine Meinung. Besser beginnen wir jetzt ernsthaft mit der Suche«, schlug Peter Hauenstein vor.

Das Tageslicht drang immer spärlicher in den Wald ein, die Lichtreflexe verschwanden, düstere Schatten schoben sich durch den Säulengang der Bäume. Zusammen mit ihnen kam auch Margret zurück, die ihre eigenhändige Suche nach Kevin offenbar abgebrochen hatte. Sie war gänzlich außer Atem, an ihren Kleidern klebten Tannnadeln, auf ihrem erhitzten Gesicht machten sich rote Flecken breit.

»Was steht ihr da herum wie die Ölgötzen?«, keuchte sie. »Helft doch suchen, herrgottnocheinmal!«

»Margret, bitte!«, rief Roman.

»Was, bitte? Wie, bitte? Dein Sohn ist verschwunden und du rührst keinen Finger!«

»Wir tun, was wir können, Margret«, hielt es Walter Leuch für nötig zu sagen.

»Es dünkt mich gerade.« Margret ging auf die Mädchen los und weil Laura am nächsten bei ihr stand, begann sie diese unsanft zu schütteln.

»Warum habt ihr nicht besser auf ihn aufgepasst, Lumpenpack! So große Gören und können nicht einmal auf ein Göfli Acht geben.«

Nun begann auch Laura zu weinen.

»Lass bitte die Mädchen in Ruhe«, protestierte Ursula, »sie können nichts dafür.«

»Wer kann dann etwas dafür, wer? Da gibst du immer an mit deinen pädagogischen Fähigkeiten und bist nicht einmal im Stande, deinen Gofen ein bisschen Verantwortungsgefühl beizubringen.«

»Meine Kinder haben mehr Verantwortungsgefühl als du. Hättest du meinetwegen deinen Rotzbengel selber gehütet.«

»He, he!«, rief Walter Leuch.

»Rotzbengel! So musst du mir gerade kommen«, schrie Margret. »Du mit deiner Scheißbrut, die zu blöd ist, um ein kleines Kind zu gaumen.«

»Hört doch auf!«, jammerte Dorli. »So ein Seich, so ein Seich.«

Margret begann Roman zu attackieren, der dastand wie ein begossener Pudel und offenbar nicht gesonnen war, sich in den Streit der beiden Frauen einzumischen. Sie trommelte mit den Fäusten gegen seine Brust.

»Wo ist er? Wo ist Kevin? Ich will meinen Kevin zurück!«

In diesem Augenblick stimmte Philipp, dessen Gemüt das ganze Elend, das sich hier breit machte, offenbar nicht mehr verkraftete, ein mächtiges Gebrüll an und übertönte so bei weitem das restliche Geschnupfe, Geheul und Geschrei.

»Ruhe!«, rief Peter Hauenstein und stellte sich neben seine erboste Gattin. »Ruhe, zum Donnerwetter! Das geht ja hier zu wie in einem hölzernen Himmel.«

Das Gezeter vertropfte allmählich, verstummte ganz und eine beklemmende Stille füllte die finsteren Lücken zwischen den hier dicht stehenden Bäumen aus.

So gehe das nicht weiter, dozierte Peter Hauenstein, es habe nun wirklich keinen Sinn, einander gegenseitig fertig zu machen. Das Problem sei nämlich nicht die Schuldfrage, das Problem sei vielmehr die Tatsache, dass man Kevin verloren habe.

Die beiden andern Männer nickten weise; im Übrigen hatte Roman es schließlich doch fertig gebracht, einen Arm um Margret zu legen und ihr beruhigende Worte zuzuflüstern.

»Wir müssen uns jetzt endlich organisieren«, erklärte Peter Hauenstein. »Ich denke, vor allem sollte jemand mit den Kindern zurückfahren. Vielleicht am besten du, Ursula.« Er blickte seine Frau herausfordernd an. »Wir andern bleiben hier und suchen den Wald intensiv ab. Laura soll mir noch die Taschenlampe bringen, sie liegt im Auto auf der vorderen Ablage. Es kann ja Nacht werden, bis wir Kevin gefunden haben.«

Ursula nickte. Sie besammelte die reichlich verwirrte Kinderschar und verschwand mit ihr Richtung Waldschneise.

Von den Zurückgebliebenen sagte niemand mehr ein Wort, selbst Margret war verstummt und schluchzte nur verhalten vor sich hin.

»Es kann ja Nacht werden, bis wir Kevin gefunden haben«, hatte Peter Hauenstein gesagt. Er musste also, redete sie sich ein, überzeugt sein, dass man das Kind finden würde.

Ursula hatte den Picknickplatz geräumt und war mit der Jungmannschaft abgefahren. Das Einzige, was sie vergessen hatte, war die Hängematte, die nutzlos und als purer Fremdkörper in den Bäumen hing. Die Lichtung lag nun völlig im Schatten, war auf einmal leer und ohne Leben. Bloß Leuchs silberner Opel und Bühlers roter Volvo standen noch da und nahmen sich seltsam unwirklich, ja fast kriminell aus. Wäre hier jemand zufälligerweise vorbeigekommen, so hätte er sich zwangsläufig fragen müssen, wo die Leute geblieben waren, denen die beiden Wagen gehörten.

Die andern fünf hatten eine lose Kette gebildet und tasteten sich, in Sichtweite voneinander entfernt, tiefer in den Wald hinein und riefen unausgesetzt Kevins Namen oder schrien sich gegenseitig etwas zu. Sie umgingen Buckelmännchen aus dornigem Gesträuch und überquerten mampfende Gräben, deren fauliger Geruch in ihre Nasen stach. Ab und zu schlugen hinterhältige Zweige in ihre schweißnassen Gesichter oder sie blieben mit ihren weißen Turnschuhen im Morast stecken. Und ihre vorerst noch hoffnungsvollen Rufe tönten immer verzweifelter und endlich immer niedergeschlagener durch das feindselige Zwielicht, das durch die Bäume sickerte.

»Kevin! Kevin!« Es gab nicht einmal mehr ein Echo, ringsherum war alles dumpf und stumpf.

Walter Leuch, der zu Beginn das Ganze noch recht spannend gefunden hatte, kriegte je länger, je mehr den Rappel.

Der Sonntag war endgültig futsch und wahrscheinlich die ganze nächste Woche dazu, wenigstens, wenn Kevin nicht wieder auftauchte. Dass die Bühlers ihn und seine Familie schon jetzt mitverantwortlich machten für das Verschwinden des Kindes und dass ihre Freundschaft für immer getrübt sein würde, lag auf der Hand.

Die Überlegungen seiner Frau gingen nicht so weit. Dorli dachte bloß an das verloren gegangene Kind und an Margret, deren Fassungslosigkeit sie nur zu gut nachfühlen konnte. In Gedanken flehte sie den lieben Gott an, dass Kevin gefunden werden möchte. Alles andere spielte für sie im Augenblick keine Rolle.

Der Schulmeister und Major Peter Hauenstein hingegen hegte keine sentimentalen Gefühle. Für ihn war das Ganze anfänglich sogar ein gefundenes Fressen gewesen, hatte er doch wieder einmal seine Kaltblütigkeit und sein Organisationstalent unter Beweis stellen können. Doch je länger die Suche dauerte, desto kritischer betrachtete er die Suchaktion. Die Zeit drängte, und selbst seine Autorität, auf die er sich allerhand einbildete, würde die Nacht nicht aufhalten können.

Roman, der im Militär immerhin den Rang eines Fouriers bekleidete, kam sich längst nicht so böumig vor wie Peter Hauenstein. Er kämpfte gegen sein irres Herzklopfen, das ihn zu ersticken drohte. Zur Verzweiflung über Kevins Verschwinden gesellte sich noch die Angst um Margret, denn es war eine Frage der Zeit und sie würde völlig durchdrehen. Er fühlte, dass ihm jetzt Übersicht und Stärke wohl angestanden hätten, dabei musste er mit aller Gewalt das Heulen verbeißen.

Margret endlich wurde zusehends von einem seltsamen Schwindelgefühl erfasst. Sich den aufgerauten Baumstämmen entlangtastend, kam sie sich vor wie eine Schlafwandlerin. Sie musste jeden Augenblick aus diesem Albtraum erwachen. Es war nicht möglich, dass ihr so etwas geschah. Solche

Katastrophen passierten anderen Leuten, namenlosen Personen, von deren Unglück man höchstens durch die Zeitungen erfuhr. Ja, sie würde erwachen, sich in der freundlich besonnten Lichtung befinden, die Kinder würden lachend auf sie zukommen, in ihrer Mitte Kevin, der ihr freudestrahlend die Ärmchen entgegenstreckte und in seinen Jeanshöschen und seinem Hütchen herziger aussah denn je.

Längst riefen sie nicht mehr. Dafür blieben sie immer öfter stehen, blickten mit leeren Augen aneinander vorbei in ihrer Ratlosigkeit und sie gingen dann doch wieder weiter, weil es in Gottes Namen nichts anderes zu tun gab, als weiterzugehen.

Irgendwann trafen sie auf einen Fahrweg, der quer durch den Wald verlief. Plötzlich tauchte ein Vehikel auf, das sich beim Näherkommen als ein Töffli samt angekoppeltem Milchkarren erwies. Sie stoppten das Gefährt und erklärten, dass sie einen zweijährigen Buben suchen würden. Der Landwirt oder Bauernknecht konnte ihnen nicht helfen. Es zeigte sich, dass er von der Käserei Detligen her kam, wo er die Milch abgeliefert und, weil es Sonntag war, im »Sternen« noch einen Halben getrunken hatte. Er war bereits ein gutes Stück durch den Wald gegondelt, aber Kevin hatte er nirgends angetroffen. Nachdem er den ganzen Sachverhalt erfahren hatte, genierte er sich nicht, über die, wie er sich ausdrückte, ihm etwas verhühnert vorkommende Gesellschaft den Kopf zu schütteln. Sie könnten doch nicht quer durch den ganzen Wald rennen wie die Wilde Jagd, meinte er, und sich einbilden, per Zufall irgendwo auf den Gesuchten zu treffen. Im Übrigen habe so ein kleiner Pföseler kaum eine solche Distanz bewältigt. Sie täten wohl besser daran, zur Lichtung zurückzukehren, um dort in der Nähe richtig zu suchen. Ob er seinen Hund herbeiholen solle?

Der leicht pikierte Peter Hauenstein lehnte dankend ab und der Bauer ratterte nach einem kurzen »He nu so de« davon.

»Wieso hast du ihn nicht den Hund holen lassen?«, erkundigte sich Roman.

»Wozu auch?«, winkte Peter Hauenstein ab. »Wenn wir etwas holen lassen, dann die Polizei. Die kommen dann schon mit ihren Hunden.«

»Herrjesses!«, rief Dorli Leuch, »das wird doch wohl nicht nötig sein, der Bub kommt ganz sicher jeden Augenblick zum Vorschein.«

»So Unrecht hatte der Mano nicht«, meinte Walter Leuch nachdenklich. »So, wie wir suchen, kommen wir bestimmt auf keinen grünen Zweig.«

»Ich lasse mich doch nicht vom erstbesten Bauerntrottel ins Bockshorn jagen«, protestierte Peter Hauenstein, »das wäre noch schöner.«

»Mir scheint, er hat eher uns für Trottel gehalten«, gab Walter Leuch zurück. »Wie gesagt, was wir bis jetzt unternommen haben, ist wirklich ein wenig aus dem Tierbuch. Anstatt alle in eine Richtung auszuschwärmen, hätten wir gescheiter den Wald rund um den Picknickplatz abgesucht.«

»Hinterher ist man immer klüger«, maulte Peter Hauenstein, der noch immer nicht zugeben mochte, dass man die Suchaktion überlegter hätte bewerkstelligen müssen.

»Ihr redet und redet«, klagte Margret, die schon die längste Zeit kein Wort mehr hervorgebracht hatte, »und dabei wird es schon bald Nacht und wir haben das arme Kind noch immer nicht gefunden.«

Sie befanden sich jetzt in der Nähe eines Waldrandes und durch die hier nicht mehr so dicht stehenden Bäume erblickten sie eine Wiese voll Hahnenfuß, der langsam zu leuchten aufhörte. Irgendwo und wie aus einer anderen Welt schlug eine Turmuhr langsam die volle Stunde.

»Los, wir gehen zur Lichtung zurück«, versuchte Peter Hauenstein das Kommando wieder zu übernehmen.

»Und was willst du dort tun?«, fragte Walter Leuch.

»Eben, genau das, was du empfohlen hast. Weitersuchen, was denn sonst?«

»Wie stellt ihr euch das vor?«, rief Roman Bühler aus. »Bis wir dort erneut mit der Suche beginnen können, ist es Nacht und wir haben nur eine einzige Taschenlampe. Das können wir vergessen.«

»Jetzt dreschen sie schon wieder leeres Stroh«, dachte Dorli Leuch und laut sagte sie: »Margret hat Recht, wenn wir noch lange hin und her diskutieren, anstatt zu handeln, so haben wir Kevin bis Weihnachten nicht gefunden.«

»Was schlägst du denn vor?«, begehrte Peter Hauenstein auf.

»Ich schlage vor«, erklärte Dorli Leuch, »dass wir jetzt wie der Blitz zum Picknickplatz zurückkehren und der Polizei telefonieren.«

»Und mit was sollen wir telefonieren?«, höhnte Peter Hauenstein. »Mit Tannzapfen vielleicht?«

»Tu doch nicht so blöd«, ereiferte sich Margret. »Mit dem Handy natürlich.«

Wer alles ein Handy dabeihabe, wollte Hauenstein wissen und erntete betretenes Schweigen.

»Eben«, konstatierte er schadenfroh, »das einzige Handy, das wir hatten, war das unsrige und das hat Ursula mitgenommen.«

»Herrje«, rief Dorli Leuch, »dann fahren wir eben zur nächsten Wirtschaft oder noch besser nach Hause.«

»Ich gehe nicht nach Hause, solange Kevin nicht gefunden ist«, meuterte Margret.

»Sei vernünftig«, versuchte ihr Roman zuzureden. »Es wird finster, wir gehen höchstens selber verloren.«

»Margret, es ist wirklich am besten, wenn ihr beide nach Hause fahrt und telefoniert«, erhielt Roman Schützenhilfe von Dorli. »Wir drei warten in der Lichtung auf die Polizei.«

»Diesmal stimme ich Dorli zu«, wandte sich Peter Hauenstein an Roman. »Was meinst du?«

»Doch, ich bin einverstanden«, erklärte Roman und legte Margret den Arm um die Schulter. »Komm, wir holen das Auto und fahren nach Hause. Überhaupt wette ich meinen Kopf, dass wir bei der Polizei offene Türen einrennen und man Kevin längst gefunden hat.«

5

Wären Kammermann und die Siegenthaler einen Tag früher im »Hüsi« aufgetaucht, so hätte der pensionierte Fahnder-Wachtmeister mindestens einen alten Bekannten angetroffen. In einer der hinteren Ecken hatten nämlich zwei junge, nicht ganz astrein aussehende Männer Platz genommen, die ungefähr jenen glichen, die Kammermann als seine ehemaligen »Kunden« zu bezeichnen pflegte.

Der eine nannte sich Sam Schmutz und war ein klobiger Typ mit Bürstenschnitt und einer platten Nase unter der niedrigen Stirn, die er meistens runzelte wie eine junge Bulldogge. Trotz der kühlen Witterung trug er bloß ein Sweatshirt, dessen Vorderseite mit einem Boxer in Kampfstellung bedruckt war. Seine Hammelkeulen von Oberarmen waren mit diversen im schummerigen Licht noch knapp auszumachenden Tätowierungen garniert.

Der andere hieß Kurt Knaus. Er war völlig kahl und sein nackter Schädel glänzte, als wäre man mit einer Speckschwarte darüber gefahren. Um seinen schmächtigen Körper schlotterte ein verwaschener Jeansanzug. Die untere Hälfte seiner käsemilchfarbenen Gaunervisage war mit einem stacheligen Seehundsschnauz ausgestattet. Er war derjenige, mit dem Kammermann kurz vor seiner Pensionierung im Zusammenhang mit einem Autodiebstahl einmal zu tun gehabt hatte. Normalerweise war der Wachtmeister mit schwierigeren Dingen beschäftigt gewesen als mit Eigentumsdelikten; er war mit Kurts Fall bloß konfrontiert gewesen, weil er damals einen Kollegen vertreten hatte. Allerdings hätte sich Kammermann noch heute an den Delinquenten erinnert. Der Mann hatte ihm Leid getan und er war so weit gegangen, ihm nach dem offiziellen Verhör noch ein wenig auf den Zahn zu fühlen und ihm väterlich zuzureden. Jedenfalls hatte Kurt nachher überall herumerzählt, dieser Kammermann sei ein ganz guter Siech, und wenn er jemals wieder Schwierigkeiten haben sollte, würde er sich ungeniert an ihn wenden.

Sie tranken beide Bier, der Seehund rauchte ununterbrochen. Sie unterhielten sich halblaut, der Boxer hatte die Tür im Auge und begutachtete jeden Neuankömmling mit Sperberblicken. Er sprach Aargauer Mundart, während der andere sein Berndeutsch mit einer leicht französischen Tonart verzierte.

»Du hast also noch immer keine Büez, Sam«, stellte der Seehund fest.

»Nein, Kurtchen«, antwortete der andere ungehalten. »Ich habe dir ja soeben vorgekaut, wie kolossal beschissen alles ist. Sozialhilfe für Ehemalige, dass ich nicht lache.«

»Vielleicht hast du auch noch so viel Schwein wie ich«, versuchte Kurt den andern zu trösten.

»Schwein, wieso Schwein?«

»He ja, ich habe wenigstens Arbeit.«

»Herrje! Autowaschen! Was ist denn das für ein Scheißdreck? Da geh ich lieber auf den Bettel.«

»Ich wasche keine Autos«, tat Kurt beleidigt. »Ich bediene eine Autowaschanlage, ich arbeite ... eh ... als Techniker, verstehst du?«

»Autowaschtechniker, was?«, grinste Sam.

»Jedenfalls ist das besser als nichts.«

»Wie man's nimmt. Und was verdienst du bei diesem Scheißjob? Ein paar Fränkli, die kaum ausreichen, um einen

Nagel für deinen Sarg zu posten, geschweige denn, einmal richtig auf die Pauke zu hauen.«

»So schlimm ist es auch wieder nicht.«

»Dann kannst du mir ja wenigstens mein Bier bezahlen.«

»Für heute einmal, warum nicht?«

Sam bestellte eine weitere Runde, zugleich nickte er einem älteren, schitter aussehenden Wichtel mit rundem, schwarzem Hut zu, der soeben die Wirtschaft betreten hatte und sich wie ein scheuer Vogel an der Theke niederließ.

»Auch so einer«, konstatierte Sam. »Ja, ja, Verbrechen lohnt sich nicht.«

»Kennst du den?«, erkundigte sich Kurt.

»Gitterfritz, Witzwil.«

»Gitterfritz? Wieso Gitterfritz?«

»Er ist eigentlich eine harmlose Nummer«, erklärte Sam. »Mal hier ein Einbruch und mal da ein Ladendiebstahl, ein wenig Zechprellerei, alles außer etwas Reellem. Aber irgendwie bringt er es immer wieder fertig, geschnappt zu werden und hinter Gittern zu landen. Darum Gitterfritz. Offenbar ist er momentan wieder einmal auf freiem Fuß.«

Sam leerte sein Glas in einem Zug und sah sich erneut nach der Serviertochter um.

»Darf ich?«, erkundigte er sich.

Kurt zündete sich eine Zigarette an und nickte. Gleichzeitig begann er sich darüber zu ärgern, dass offenbar mit der größten Selbstverständlichkeit auf seine Rechnung weitergesoffen wurde. Auf der andern Seite war er beinahe ein wenig stolz, dass er dem in gewissen Kreisen immerhin nicht ganz unberühmten Sam das Bier bezahlen durfte.

Anders als der Autodieb Kurt hatte Sam wegen einem Raubüberfall auf eine Migros-Filiale gesessen. Vor ungefähr anderthalb Jahren waren sie beide fast gleichzeitig aus der Strafanstalt Thorberg entlassen worden. Kurt war bloß wegen wiederholtem Autodiebstahl, verbunden mit Verursachung von Unfällen, im Gefängnis gewesen. Verglichen mit dem Profi Sam war er eine Null, ein Nichts, er befand sich ungefähr auf dem Niveau von Gitterfritz.

Sie hatten sich vor ein paar Tagen ganz zufällig beim Fischen unten an der Aare wieder getroffen. Sam war mangels geeigneten Fahrzeugs zu Fuß angelatscht gekommen, versehen mit einer Anglerausrüstung, die er wohl irgendwo bei einem Trödler ausgegraben hatte, während Kurt immerhin ein altertümliches, rotes Maxi-Töffli und ein tadelloses Fischer-Outfit sein Eigen nannte. Ein Blinder hätte erkennen können, welchem von beiden es besser ging, und Sam hängte sich nur deshalb wie eine Klette an Kurt, weil er Wunder was glaubte, dass dieser im Geld schwimme. Als er im Nachhinein erfuhr, was es mit Kurts beruflicher Tätigkeit auf sich hatte, hielt sich seine Begeisterung über das unverhoffte Wiedersehen in Grenzen. Autowäscher!

»Im Ernst, Sam«, nahm Kurt den Faden wieder auf, »von was lebst du eigentlich?«

»Von was ich lebe? Blöde Frage. Von Wasser und Luft lebe ich.«

»Hast du überhaupt versucht, Arbeit zu kriegen?«

»Natürlich habe ich es versucht. Hundert Mal habe ich es versucht. Überall Fehlanzeige. Für unsereinen ist gerade noch der Strick gut genug oder höchstens ein so lausiger Job, wie du einen hast.« Sam fauchte verächtlich durch seine Boxernase.

»Wie gesagt, so schlecht ist er gar nicht, obschon..., zugegeben, auf Rosen gebettet bin ich auch nicht.«

»Eben.«

»Ja und, was willst du also tun?«

»Entweder gar nichts oder dann etwas Richtiges, etwas, das einschenkt.«

»Du meinst, du willst etwas an..., etwas anfassen?«

»Ein heißes Eisen, meinst du?« Sam bleckte die Zähne in seinem Bulldoggengesicht.

Kurt rieb sich mit dem Handrücken den Bierschaum aus dem Schnauz.

»Du weißt genau, was ich meine.«

»Ich kann es mir vorstellen. Du meinst Bruch, Überfall meinst du, Grand Coup, das große Geld meinst du.«

Sam antwortete nicht. Stattdessen rieb er seine aufgeblähten Nasenflügel und fixierte Kurt mit seinem Räuberblick. Sie schwiegen eine ganze Weile, dann senkte Kurt den Blick und stieß zusammen mit dem Zigarettenrauch einen langen Seufzer aus:

»Eigentlich scheißt mich dieser Job grausam an.«

»Ich sage dir ja, dass das kein Job ist.«

»Unter uns, hast du etwas Konkretes vor?«

Sam schüttelte den Kopf.

»Hast du vielleicht etwas vor?« Auf einmal unterhielten sie sich bloß noch im Flüsterton, das Gelärme in der Beiz legte sich wie ein schützender Mantel um ihren Tisch.

»Ich etwas vorhaben? Nicht die Bohne.«

»Könntest ja einem deiner Kunden den Jaguar stibitzen, in diesem Metier hast du immerhin Übung.«

»Die sitzen im Wagen während der Wäsche.«

»Weiss ich auch, aber das ist doch kein Problem. Abwarten, bis einer allein kommt, Schraubenschlüssel über die Rübe und dann hinein mit der Kiste in die Wäscherei. Den Chauffeur kannst du separat durch die Mangel treiben oder am Schluss aus dem Wagen bugsieren. Und dann ab wie die Feuerwehr.«

»Du bist ein Idiot«, stellte Kurt fest, und seine Stimme hatte sich wieder etwas erhoben.

»Und du bist ein Hosenscheißer«, gab Sam zurück.

Die Serviertochter erschien an ihrem Tisch, den drallen Geldbeutel in der Hand.

Sie habe Feierabend, ob sie kassieren dürfe?

Das dürfe sie, antwortete Sam, auf Kurt deutend. Und dann solle sie gleich die Ablösung antraben lassen.

Kurt bezahlte. Sam hielt es nicht für nötig, sich zu bedanken, dafür schielte er ungeduldig nach der neuen Bedienung.

Sie tranken weiter, das Bier schäumte ihre Gedanken langsam ein, Kurt merkte nicht einmal mehr, dass er vom andern ausgenommen wurde. Er taxierte die neue Kellnerin mit glänzenden Äuglein und meinte, die wäre auch nicht ohne.

»Du Casanova, was du bist«, frotzelte Sam.

»Der hatte auch ein schönes Leben«, meinte Kurt und sein Schnauz hing auf einmal ganz melancholisch herunter.

»Wer?« Sams Runzeln bildeten Fragezeichen.

»Der Casanova, denk.«

»Der hatte ein schönes Leben?«

»Natürlich.«

»Woher weißt du das?«

»Habe ich im Film gesehen.«

Sie leerten erneut ihre Gläser und wussten für einen Augenblick nichts zu sagen.

»Ein schönes Leben!«, stöhnte Sam endlich. »Ein schönes Leben! Könnten wir auch haben.«

»Was meinst du damit?«

»Ach nichts. He, Heidi, noch eine Runde und dann Schluss!«

»Ich weiß schon, an was du denkst«, beharrte Kurt.

»So, und an was denke ich?«

»An das schöne Leben, an Geld, an Stütz.«

»Ach, sieh mal einer an.«

»Im Ernst, Sam, ich hätte da eine Idee, einen Geistesblitz, verstehst du?«

Sam lehnte sich nach vorn und schielte zuerst über die eine, dann über die andere Achsel. Niemand schien sich um sie zu kümmern. Hinter dem Buffet klirrten Glasscherben, jemand schimpfte und irgendwo in einer Ecke lachte sich eine Horde Männer und Frauen krumm und schief.

»Ich will keine Knarren, Kurtchen, das schreib dir gleich

hinter deine dreckigen Ohren. Kann mir keine Ballerei mehr leisten.«

»Musst du auch nicht«, wiegelte Kurt ab.

Nun senkten sie beide wieder die Stimmen, die neuen Biere standen vorläufig unberührt auf dem Tisch. Kurt zündete sich mit dem Stummel der alten Zigarette eine neue an. Der allgemeine Radau drang wie aus weiter Ferne zu ihnen, sie hatten nur noch Ohren für ihr eigenes Gerede.

»Also, schieß los, Kurtchen.«

»Das Altersheim beim Bahnhof kennst du doch, oder?«, erkundigte sich Kurt.

»Den Burgerspittel meinst du?«, motzte Sam. »Wenn du nicht einmal weißt, wie dieser Schuppen heißt, dann kann es mit deinem so genannten Geistesblitz nicht weit her sein.«

»Den Burgerspittel, wenn es dir besser gefällt. Und wenn du diesen Spittel kennst, dann weißt du auch, dass dort die Crème de la crème ihren Lebensabend verbringt.«

Sam nickte.

In diesen Burgerspittel könne man einmarschieren wie in die Halle des Hauptbahnhofs, erläuterte Kurt, kein Schwein würde sich kümmern, wer da ein und aus gehe.

»Ja und?«

»Die alten Leutchen liegen in ihren Einzelzimmern. Und nicht nur sie liegen dort. Da liegen auch Geld, Schmuck, hübsche Sächelchen.«

»Woher weißt du das alles?«

»Hatte eine Großtante dort, habe sie oft besucht.«

»Du und eine Großtante besuchen, dass ich nicht lache.«

Sam winkte ungehalten ab, doch Kurt ließ sich nicht mehr bremsen.

»Und das Schönste von allem«, fuhr er eifrig fort, »die Zimmer sind meistens nicht einmal abgeschlossen. Du klopfst an und trittst ein. Dem Müeti ein Kissen auf die Gurke drücken, bis es nicht mehr piep macht, ist das eine, den Sekretär oder das Nachttischchen ausräumen das andere. Dann noch einmal winken und ab durch die Mitte.«

Sam starrte Kurt an mit Augen wie Pflugsräder, dann trank er endlich einen Schluck Bier und stieß einen ausgiebigen Rülpser aus.

»Du bist ein Arschloch.«

»Wieso?«

»Du willst mir doch nicht im Ernst weismachen«, raunzte Sam, »dass du einfach so mir nichts, dir nichts einen der Schläge betreten kannst. Da gibt es doch Aufsichtspersonal, Pflegerinnen und...«

»In jedem verdammten Spital hat es Pflegerinnen«, fuhr Kurt seinem Kumpel über den Mund, »trotzdem kannst du, wenn du lange genug auf der Lauer liegst und noch ein bisschen Glück hast, praktisch zu jedem Patienten vordringen und ihm sämtliche Überlebensschläuche ausreißen, wenn du unbedingt willst.«

»Auf das Glück würde ich mich lieber schon gar nicht verlassen«, ließ sich Sam aus, »und dann musst du mir auch nicht erzählen, dass im ganzen Burgerspittel auch nur ein Stäubchen von etwas Wertvollem umherliegen würde. Alte Leute sind vorsichtig und misstrauisch, die sperren ihren Ramsch niet- und nagelfest ein oder vergraben ihn im Tresor.«

»Alte Leute sind misstrauisch, sagst du. Genau das sind sie tatsächlich. Die geben doch nichts aus der Hand, wenn sie nicht müssen. Da lagern Goldstrümpfe unter den Nestern, tonnenweise, sage ich dir, da kannst du Gift drauf nehmen.«

»Das mit dem Geld im Strumpf ist doch ein Ammenmärchen, Kurtchen. Und dann, so alte Leute ausrauben, ich weiß nicht. Dafür bin ich mir doch zu schade.«

»Also, dann halt nicht«, tat Kurt beleidigt, »was willst du sonst? Kinder bestehlen oder was?«

Nun verstummten wieder beide. Der Lärm in der Beiz schwoll an und ab wie ein Sturm in den Bäumen. Gäste kamen und gingen, auch Gitterfritz hatte sich schon längst wieder verdrückt.

»Kinder«, brummte Sam schließlich versonnen. »Kinder, daran habe ich tatsächlich schon gedacht.«

»So, und wer ist jetzt ein Arschloch?«, murrte Kurt.

»Jedenfalls nicht ich«, schlug Sam zurück.

»Kinder beklauen! Du hast ja einen Hau.«

»Hab ich etwas von Beklauen gesagt?«, tat Sam verwundert. »Nicht Kinder beklauen, Kinder klauen.«

Diesmal war es Kurt, der den andern anglotzte, als hätte er Hörner.

»Kinder klauen? Wozu?«

»Kidnapping, Kurtchen, das ist das Wort. Kidnapping und dann eine kleine, hübsche Erpressung.«

Kurt trank sein Glas leer, dann tippte er mit dem Zeigefinger gegen die Stirn.

»Du bist ja meschugge.«

»Gar nicht bin ich meschugge.« Zum ersten Mal heute Abend lachte Sam aus vollem Hals.

»Jetzt muss ich doch noch einen Schnaps saufen«, entschied Kurt, »und den kannst du bezahlen, du Kamel.«

»Meinetwegen«, lenkte Sam ein und klopfte Kurt mit seiner Boxerpranke auf die Schulter, dass es krachte.

»Es ist doch ganz lustig, zur Abwechslung bescheuerte Pläne zu schmieden, oder?«

»Morgen mache ich blau und gehe fischen«, stellte sich Kurt taub. »Kommst du mit, Sam?«

»Warum nicht?«

»Dann können wir ja morgen weiterreden.«

»Kidnapping, Kurtchen«, grinste Sam, »Kidnapping!«

6

Margret Bühler, deren dunkle Gedanken sich nur so gejagt hatten und immer schwärzer geworden waren, hatte damals für einen Moment auch an Entführung gedacht. Aber dann musste sie sich trotz aller Verzweiflung zur Vernunft rufen. Wer hätte schon am Rande einer Waldlichtung einem kleinen Kind abpassen sollen, um dieses mir nichts, dir nichts zu verschleppen?

Als sie endlich am Bärschwendiweg eintrafen, lag ihre Villa in der Dämmerung wie ein feindlicher Bunker. Margret und Roman kostete es einige Überwindung, überhaupt einzutreten; es war nicht das gleiche Haus, das sie am Morgen verlassen hatten. Alles war leer und kalt, und wenn sie normal miteinander gesprochen hätten, so wären ihre Stimmen zu laut gewesen und hätten widerhallt, wie damals, als Kevin noch nicht geboren war. Aber keines wagte, laut zu sprechen, sie flüsterten bloß. Erst als Margret wie zufällig durchs Fenster blickte, das rote Dreirad Kevins auf dem Vorplatz entdeckte und darob erneut in hysterisches Schluchzen verfiel, wurde das ganze Haus von einem gespenstisch flüsternden Echo erfüllt.

Roman zögerte nicht mehr lange. Er griff zum Telefon und wählte die Nummer der Kantonalen Polizeiwache Zollikofen. Es stellte sich indessen heraus, dass diese sonntags nicht geöffnet war, der Anruf wurde zur Kantonspolizei am Nordring in Bern umgeleitet.

Leider wusste man dort nichts von einem aufgefundenen Kind und Roman musste zu seiner Frau, die direkt neben ihm stand, eine verneinende Kopfbewegung machen. Sie sackte förmlich zusammen und ging mit schleppenden Schritten in den Salon.

Roman, der von der Polizei typische Klischeevorstellungen hatte und befürchtete, vielleicht nicht ernst genommen und sofort abgewimmelt zu werden, war überrascht, welche Bedeutung man seinem Anruf beimaß. Nachdem er nähere Angaben zum Verschwinden des Kindes gemacht hatte, wurde ihm mitgeteilt, dass eine Patrouille der mobilen Polizei umgehend am Bärschwendiweg vorfahren werde.

So kam es, dass das Ehepaar Bühler nach einer knappen halben Stunde von Zollikofen in die Waldschneise bei Detligen zurückfuhr. Ihnen folgten zwei Beamte der mobilen Polizei in ihrem rotweißen Opel Omega.

Kaum hatten sie die Lichtung erreicht, stiegen Peter Hauenstein und das Ehepaar Leuch erwartungsvoll aus ihrem Opel, wo sie gewartet hatten. Angesichts der Polizei brauchten sie sich bei Margret und Roman nicht lange zu erkundigen, ob Kevin aufgefunden worden sei oder nicht.

Nachdem sie eine Weile in ratlosem Schweigen dagestanden hatten, tauchten vier Mann vom für diesen Bezirk zuständigen Polizeiposten Hinterkappelen auf. Zu ihnen gesellten sich wenig später weitere Polizisten, darunter eine Polizistin aus Bern sowie eine Staffel aus drei Hundeführern mit ihren Diensthunden. Augenblicklich befanden sich über zwei Dutzend Leute auf dem Platz; es war erstaunlich, was für einen gewaltigen Apparat Romans Anruf in Bewegung gesetzt hatte.

Das Verschwinden von Kleinkindern werde überaus ernst genommen, wurde ihnen beschieden, und die Suche nach solchen genieße absolute Priorität. Sie mussten genau erklären, wo, wann und von wem Kevin zuletzt gesehen worden war. Roman, der nur ungern zugab, dass die ganze erwachsene Gesellschaft geschlafen hatte, erging sich in heftigsten Selbstbeschuldigungen, doch wurde ihm versichert, dass man ja nicht dauernd auf ein Kind aufpassen könne und dass der von ihm geschilderte Ablauf der Ereignisse durchaus alltäglich und normal sei. Manchmal könne man kaum den Kopf wenden und schon sei so ein Knirps spurlos verschwunden. Ob Kevin eine gute Konstitution habe und ob er das erste Mal auf diesem Picknickplatz gewesen sei, wollte man noch wissen. Ob er schon einmal weggelaufen sei und ob er eine Vorliebe für dieses oder jenes Tier hege, für Hasen zum Beispiel oder für Rehe.

Als ob er einem Eichhörnchen auf den Baum nachgeklettert wäre, ärgerte sich Roman, der nicht einsah, warum die Polizei einen Wirbel um solch dämliche Probleme machte, anstatt endlich mit der Suche zu beginnen. Dabei merkte er gar nicht, dass man längst aktiv geworden war und zum Beispiel den Wald mittels Sperrbändern in diverse Suchsektoren eingeteilt hatte. Auch die Spürhunde waren bereits losgeschickt worden und der Einsatzleiter hatte seine Kommandozentrale vom Zufahrtsweg mitten in die Lichtung verlegen lassen.

Das Ehepaar Bühler und seine Freunde standen immer noch verloren und mehr oder weniger nutzlos in der Lichtung herum, und als das Schweigen zwischen ihnen beinahe unerträglich wurde, meinte Roman Bühler, es genüge vollkommen, wenn er und Margret dableiben würden.

Margret war der gleichen Meinung. »Geht doch nach Hause«, sagte sie. »Wir haben eure Hilfsbereitschaft lange genug strapaziert. Abgesehen davon kann man Ursula und die Kinder auch nicht ewig allein lassen.«

Walter Leuch protestierte zuerst, dann blickte er seine Frau fragend an.

»Offen gestanden hätte ich nichts dagegen, gelegentlich heimzufahren«, erklärte Dorli Leuch. »Mir ist gar nicht mehr wie andern Weibern.«

»Das merkt man«, pflichtete ihr Margret Bühler bei. »Dich hat das Ganze genauso hergenommen wie mich.« Sie versuchte tapfer zu sein, aber es gelang ihr nicht, die Tränen zurückzuhalten.

»Roman und Margret haben Recht«, erklärte Peter Hauenstein. »Nützen können wir hier nichts mehr, wir stehen höchstens im Weg. Ich denke, wir fahren jetzt am besten zu Ursula und den Kindern.«

»Macht uns sofort Bericht, wenn es etwas Neues gibt«, bat Dorli Leuch, »auch nach Mitternacht.«

Während Walter Leuch und Peter Hauenstein langsam zum Opel zurückgingen, fiel sie Margret schluchzend um den Hals. Dann wandte sie sich rasch ab und folgte den beiden Männern.

Inzwischen war die Mainacht so finster geworden wie irgendeine andere Nacht, und die Lichtung, auf der am Nachmittag noch fröhliches Treiben geherrscht hatte, war zu einer beklemmenden Theaterbühne geworden, auf der sich im Augenblick nur noch drei Akteure befanden: Margret und Roman, die sich, seit sie allein waren, nicht mehr stillhalten konnten und bereits einen ganzen Trampelpfad in das junge Gras der Lichtung getreten hatten, und der Einsatzleiter, der im Gegensatz zu ihnen gelassen neben seinem Wagen stand, durch dessen offene Türe das Brodeln und Knarren zahlreicher Funkdurchsagen zu vernehmen war. Die wie aus schwarzem Papiermaché geformten Kulissen des Waldes wurden zerschnitten von den scharf begrenzten Leuchtkegeln der starken Suchlampen, wurden durchdrungen von den Geräuschen brechender Zweige oder knapper, halblauter Kommandos der Suchtrupps. Über allem spannten sich die bleigrauen Tücher des Himmels, zwischen deren Falten die Sterne kalt und mitleidlos herunterglitzerten.

Indessen dauerte es nicht lange und die Szene veränderte sich, füllte sich auf, wurde lauter und lebendiger, und eine Unzahl von weiß leuchtenden Lampen irrlichterte auf einmal auf der Lichtung umher. Man hatte Kevin gefunden!

Zuerst brachte jemand sein Hütchen, das man anscheinend schon vorher aufgelesen oder ihm abgenommen hatte; dann erschien eine Dreiergruppe am Waldrand und näherte sich dem Kommandoposten. Der Mann in der Mitte trug den in eine Überlebensfolie eingewickelten Kevin auf dem Arm. Die Diensthunde, die offensichtlich in der falschen Richtung gesucht hatten, waren zurückgepfiffen worden. Sie streunten noch einen Moment umher, dann ließen sie sich hechelnd bei ihren Führern nieder.

Der Fundort, so war zu vernehmen, sei der Stelle, wo man laut Zeugenaussagen am Nachmittag nach dem Kind gesucht habe, genau entgegengesetzt und gar nicht weit von der Lichtung entfernt. Offenbar war Kevin irgendwann am Picknickplatz vorbeigepirscht, ohne dass es jemand gemerkt hatte.

Margret und Roman liefen auf die Gruppe mit Kevin zu. Die Erleichterung nach dem Schock, unter dem die beiden gestanden hatten, war so groß, dass sie in Tränen ausbrachen.

Margret riss das Kind, das man ihr unverzüglich übergab, an sich und strich ihm die blonden Haare, die wie Putzfäden herunterhingen, aus dem Gesicht. Roman trat hinter Margret und legte beide Hände auf ihre Schultern.

Die Leute ringsherum jedoch machten betretene Gesichter und niemand redete ein lautes Wort. Kevin hing schlaff in Margrets Armen und sah aus wie eine Puppe, die kein Sägemehl mehr im Körper hatte. Er lebte noch, aber Margret merkte augenblicklich, dass es keinen Grund zu übertriebener Hoffnung gab.

»Kevin«, flüsterte sie. »Kevin, Kevin.«

Das Kind gab keinen Ton von sich. Laut der Schilderung eines Polizisten hatte man Kevin in einem Wassergraben entdeckt, aus dem er sich offenbar nicht selber hatte heraushelfen können. Er war pudelnass und völlig unterkühlt, das Spürchen von Atem hätte kaum eine Flaumfeder in Bewegung gesetzt. Da wehte wieder der eisige Hauch der Angst heran und fror die Freudentränen ein. Margret brachte kein Wort mehr heraus. Sie löste sich von Roman und legte den kleinen, leblosen Körper in seine Arme.

Inzwischen war die Ambulanz vorgefahren. Im Scheine der zahlreichen Taschenlampen übergab Roman seinen Sohn beinahe widerstrebend dem Arzt, der die beiden Sanitäter begleitete, weil die Polizei den desolaten Zustand Kevins gemeldet hatte. Der hilfreiche Doktor erklärte, dass es durchaus erwünscht wäre, dass die Eltern im Krankenwagen mitfahren würden. Roman werweißte, was er tun sollte. Unter Umständen würde er heute Nacht noch froh sein um den Wagen. Er ließ aber auch Margret ungern allein. Nach einer kurzen, leise geführten Diskussion, die ihnen angesichts der Tragödie um Kevin unwirklich und banal vorkam, stieg Margret in das Ambulanzfahrzeug und Roman in den Volvo.

Er fuhr wie der Teufel und traf nur wenige Minuten nach dem Krankenauto beim Kinderspital ein. Er lenkte den Volvo auf einen für Notfälle reservierten Parkplatz und sprang aus dem Wagen. Die Ambulanz stand bei der Notaufnahme. Wenn vorher in der Waldschneise noch eine gewisse Hektik geherrscht hatte, so war es jetzt seltsam ruhig. Die beiden Sanitäter standen neben dem Rettungsauto, der Arzt redete leise mit Margret, die am Rahmen der offenen Hecktüre lehnte und die Hände vor das Gesicht geschlagen hatte.

»Ein Leichenwagen«, dachte Roman unwillkürlich, und er fühlte, wie die Beine unter ihm wegzuknicken drohten. Da trat der eine Sanitäter auf ihn zu.

»Ihr Kind ist unterwegs gestorben, leider«, murmelte er und legte Roman die Hand auf die Schulter. »Kommen Sie.«

Roman wollte etwas sagen, irgendetwas, aber sein Hals war zu, er brachte nichts heraus. Er wehrte sich gegen die Gedanken, die auf ihn einzustürzen drohten, er wollte nichts mehr wissen und nichts mehr sehen. Dennoch wurde ihm der Film abgespielt, ein Film aus verzerrten Bildern, die jedoch scharf genug waren, um Klein Kevin zu erkennen, wie er durch den von riesigem, grauem Gesträuch überwucherten Gespensterwald stüffelte und »Mama! Mama!« schrie, wie er immer wieder hinfiel, seine kleinen Hände dabei zerkratzte, die Farmerhöschen zerriss, sein Hütchen verlor und endlich von einem morastigen Graben gefangen genommen wurde. Klein Kevin, der von einer riesigen Nacht voll von Kälte, Nässe und Verzweiflung zugedeckt und dessen klägliches Gewimmer von keinem einzigen Erwachsenen vernommen wurde, Klein Kevin, der mit der Zeit nicht einmal mehr das Wort »Mama« herausbrachte.

»Kommen Sie«, wiederholte der Sanitäter, »Sie müssen sich um Ihre Frau kümmern.«

Der Arzt, dessen Betroffenheit zweifellos echt war, gab Roman die Hand.

»Es tut mir Leid«, stammelte er. Dann wandte er sich ab und verschwand leise durch das bläulich erleuchtete Portal der Notaufnahme.

Margret barg den Kopf an Romans Schulter. Sie zitterte am ganzen Körper, aber auch sie gab keinen einzigen Ton von sich. Roman liefen die Tränen über das Gesicht, doch als er Margrets Kopf hob und ihr durch seinen Tränenschleier hindurch ins Gesicht blickte, merkte er, dass ihre Augen leer und trocken waren.

Von dorther, wo vorher der Arzt verschwunden war, näherten sich Schritte und die ungleich großen, weißen Schemen zweier Krankenschwestern kamen auf Margret und Roman zu.

»Wir müssen jetzt Ihr Kind hereinholen«, sagte die kleinere der beiden ruhig und legte einen Arm um Margret, während die andere Roman die Hand entgegenstreckte.

»Kommen Sie, Sie können drinnen warten«, erklärte die Kleine, »es sind nachher noch Formalitäten zu erledigen.«

»Wo bringen Sie Kevin hin?«, flüsterte Margret und es waren die ersten Worte, die Roman von ihr vernahm, seit sie hier standen.

»Zuerst wird das Kind in ein Untersuchungszimmer gebracht, dann legen wir es auf einen Rolltisch und bringen es in die Leichenhalle, später kommt es ins Gerichtsmedizinische Institut.«

»Warum ins Gerichtsmedizinische?«, erkundigte sich Roman, dem es noch immer nicht gelang, die Tränen zurückzuhalten.

»Das ist immer so bei außerordentlichen Todesfällen«, erläuterte die Schwester.

»Wir warten lieber hier draußen, nicht wahr, Margret?«, schlug Roman vor.

»Mich friert, Roman. Vielleicht könnten wir uns ins Auto setzen«, erwiderte Margret, die über ihrer Sommerbluse bloß eine leichte Baumwolljacke trug.

Roman nickte den beiden Schwestern zu und führte seine Frau zum Volvo.

Und so saßen sie denn in ihrem roten Auto; hinter der fast vollkommenen Stille war das monotone Ticken der Borduhr zu vernehmen, das langsam so aufdringlich wurde, dass es wie Hammerschläge in ihren Ohren dröhnte. Dennoch war die Zeit stehen geblieben. Das heißt, sie wünschten sich beide ungefähr das Gleiche, nämlich dass die Zeit stillstehen und nichts mehr passieren würde, denn alles, was jetzt noch geschah, brachte sie näher an das Ende des Albtraums, aus dem sie lieber nicht mehr erwachen wollten. So gab es nur noch die sie umklammernde Finsternis und das Ticken der Uhr und sonst nichts.

Ab und zu gingen Leute vorüber und blickten wie zufällig in den Wagen, wo sie im Dunkeln knapp zwei Menschen erkennen konnten, die so reglos dasaßen wie Tote.

Einmal öffnete sich die gläserne Pforte und eine Schar von

lebhaften, jungen Mädchen, wahrscheinlich Krankenschwestern, strömte heraus und verschwand wie ein Spuk in der Dunkelheit.

Dann gab Margret einen erstickten Laut von sich.

»Formalitäten«, flüsterte sie. »Formalitäten!«, schrie sie plötzlich, »es sind noch Formalitäten zu erledigen. Was für Formalitäten?«

»Ich weiß es nicht, Margret«, schluckte Roman, »ich weiß es doch nicht.«

»Ist jetzt Kevin bloß noch eine Formalität? Sind wir alle bloß noch eine Formalität? Und was machen sie mit ihm im Gerichtsmedizinischen?« Ihre Stimme war wieder tonlos geworden. »Sie schneiden ihn doch nicht auf, Roman, sie machen ihm doch nichts...?«

»Sicher nicht, Margret, sicher nicht«, versuchte Roman zu trösten.

Später klopfte die größere Krankenschwester leise an das Autofenster. Der Bann löste sich von ihnen, sie stiegen aus dem Wagen und folgten der Schwester wie Opferlämmer.

Vor dem Portal blieb Margret kurz stehen und wandte sich zurück, so, als ob sie von jemandem Abschied nehmen möchte. Für eine einzige Sekunde erschien die Waldlichtung, der ganze bunte Picknickplatz in einem grellen Blitzlicht vor ihr, dann wirbelten die schwarzen Tannen heran, deckten alles ab und der ganze, längst noch nicht ausgeträumte Traum vom glücklichen Familienleben versank in bodenloser Finsternis.

7

Als Kammermann und die Siegenthaler aus dem verrauchten »Hüsi« auf die Straße hinaustraten, war es ganz finster geworden. Die nächste Straßenlampe stand etwa fünfzig Meter entfernt, und hätte sich nicht der Schein der beleuchteten Beiz hinter ihnen verbreitet, wären sie völlig im Dunkeln gestanden.

Der Augenblick war gekommen, wo sich Kammermann noch einmal die Möglichkeit bot, die Frau loszuwerden. Seit sie auf seinen Vorschlag, die Polizei aufzusuchen, nicht eingegangen war, hatte er geschwiegen und sich zu nichts verpflichtet. Er brauchte ihr nur die Hand zu schütteln und ihr alles Gute zu wünschen. Doch dann sah er die kommende Szene vor sich, wie sie mit ihrem leeren Kinderwagen in der Dunkelheit verschwand, und einmal mehr brachte er es nicht übers Herz, sich endgültig von ihr zu verabschieden.

Er überreichte ihr seine Visitenkarte und redete ihr zu, den Mut nicht zu verlieren und ihm zu berichten, ob der Bub zum Vorschein gekommen sei oder nicht. Die Siegenthaler versprach, ihn auf dem Laufenden zu halten.

Kammermann stülpte den Mantelkragen hoch und machte, dass er davonkam, hinaus aus dieser nach Proletariat und Feierabendbesäufnis riechenden Gegend.

Als er nach Hause kam, stellte er sich vor, wie es wohl wäre, wenn ihn die Siegenthaler hier aufsuchen würde, und diese

Vorstellung gab seiner Wohnung ein verändertes Aussehen. Tatsächlich hatte er hier noch nie jemanden empfangen und der Gedanke, dass er eines Tages Besuch erhalten könnte, hatte etwas Prickelndes an sich.

Die unerwartete Begegnung mit der Siegenthaler war am Montag über die Bühne gegangen und Kammermann rechnete damit, dass er spätestens bis Dienstagabend von ihr hören würde, ja er ertappte sich dabei, dass er, wenn er daheim war, beinah ständig auf das Telefon horchte. Sobald er sich außer Haus befand, hatte er ein dummes Gefühl und musste sich sagen, dass das Handy nicht bloß bei der Polizei, sondern, was er sich früher nie eingestanden hätte, auch privat durchaus nützlich sein könnte.

Doch es wurde Mittwoch und Kammermann hatte nichts von seiner grauhaarigen Bekannten gehört. Wenn er jetzt an sie dachte, ließ er ihren richtigen Namen weg und nannte sie bloß noch die Graue. Eine Schlampe war sie eben, eine pflichtvergessene Person, die ihn durch den Kakao gezogen hatte. Obschon er enttäuscht war, machte sich bei ihm doch eine gewisse Erleichterung breit. Die seltsame Spannung des gestrigen Tages hatte ihm höchstens auf den Appetit geschlagen und war sicher auch seiner angeschlagenen Gesundheit nicht zuträglich gewesen. Aber nachdem er zwei oder drei Gläser Wein getrunken hatte, wollte ihm plötzlich die Decke auf den Kopf fallen, eine traurig-sentimentale Stimmung überkam ihn und er wünschte sich, die Graue möchte auftauchen und ihm helfen, seine Einsamkeit zu bodigen. Doch die Graue telefonierte nicht, geschweige denn, dass sie auftauchte.

Am Mittwochnachmittag mochte Kammermann nicht mehr länger auf einen Anruf warten. Trotz des schlechten Wetters fuhr er mit der Drahtseilbahn auf den Gurten, wo sich bloß ein paar andere Graue Panter herumtrieben. Nachdem er im Restaurant einen Kaffee getrunken hatte, fühlte er sich fit genug, den Abstieg nach Wabern zu Fuß zu bewältigen. Als er am Abend nach Hause zurückkehrte, war er ganz zufrieden mit sich selber. Er setzte sich wieder einmal an den Küchentisch und schielte nach der halb vollen Chiantiflasche, die auf dem Schrankbord stand, doch er entschloss sich, vorher eine Büchse Ravioli heiß zu machen. Er hatte eben die Herdplatte eingeschaltet und eine Pfanne mit Wasser aufgesetzt, da trillerte das Telefon.

Kammermann hastete in den Korridor, wo er den schnurlosen Apparat zuletzt auf das Schuhschränklein gelegt hatte, und meldete sich mit klopfendem Herzen.

Doch war es nicht die Graue. Vor dem Hintergrund eines wirren Palavers sprach ihn eine ihm völlig unbekannte, träge Männerstimme mit »He, Mano« an und riet ihm, besser die Finger von der Sile zu lassen, sonst könnte womöglich der Teufel den Falschen holen.

Kammermann war doch noch zu sehr Polizist, um sich nach dieser mehr gelallten als gesprochenen Drohung aufzuregen.

»Mit wem spreche ich?«, erkundigte er sich in sachlichem Ton.

»Mit Siles Götti«, näselte der andere. Im Hintergrund war ein rhythmischer Bum-Bum-Sound zu vernehmen, der jetzt von anschwellendem Gelächter begleitet wurde.

»Sehr amüsant«, knurrte Kammermann. Er sah den Ort, von dem aus angerufen wurde, vor sich. Wahrscheinlich handelte es sich um eine abbruchreife Wohnung oder um eine ausgediente Maschinenhalle, die von einer Gruppe Randständiger, wie man so schön sagte, in Beschlag genommen worden war.

Warum die Siegenthaler nicht selber telefoniere, wollte er wissen.

Die suche immer noch ihren Gof.

»Was, das Kind ist noch nicht zum Vorschein gekommen?«

»Nein, natürlich nicht. Aber keine Angst, wir werden es schon aufstöbern. Misch dich da bloß nicht ein, Großvater. Überhaupt hat die Sile noch viele Gofen, da kommt es auf einen mehr oder weniger nicht an.«

Das Gegröle im Hintergrund übertönte nun alles andere. Kammermann brach das Gespräch ab. Im Nachhinein zitterte er vor Wut und Enttäuschung. »Gesindel«, dachte er, »blödes, besoffenes Drögelerpack!«

Aber was hatte er eigentlich anderes erwartet? Seine trüben Ahnungen bestätigten sich: Er war hereingefallen, hereingefallen auf den Tränenblick der Grauen, hereingefallen auf seine eigene, saudumme Gefühlsduselei.

Er nahm das inzwischen dampfende und siedende Wasser vom Herd. Er würde keine Ravioli anheizen, der Hunger war ihm vorläufig vergangen. Dafür holte er die Chiantiflasche und schenkte sich ein Glas voll ein. Obschon die Glocke der nahen Kirche erst sieben Uhr geschlagen hatte, kam es Kammermann vor, als sei es bereits tiefe Nacht. Er stand noch einmal auf und löschte die Küchenlampe, deren grelles Licht ihn plötzlich irritierte. Er wollte lieber im Dunkeln sitzen. Einen Augenblick dachte er daran, die beiden Kerzen anzuzünden, die in ihren schmiedeeisernen Haltern auf dem Küchentisch standen, aber es fehlte ihm der Elan dazu, so ließ er es bleiben.

Und während die Chiantiflasche und ein volles Glas auf dem sonst leeren Tisch standen und der Dampf des vorher aufgekochten Wassers sich verzog, während die ganze Ordnung der aufgeräumten Küche in der Dunkelheit versank und bloß noch der Glanz der polierten Anrichte auszumachen war, während die Abendstille zu summen begann und hinter dem vorhanglosen Fenster nichts zu sehen war als Schwärze, während all dem hockte Kammermann da und kam sich vor, als wäre er in einem Verlies eingesperrt. Er leerte das Glas in einem Zug und schenkte nach. Dann spielte er mit dem Gedanken, ins Wohnzimmer hinüberzuwechseln und den Fernseher einzuschalten. Aber es war wie mit dem Kerzenanzünden. Er mochte sich nicht dazu aufraffen.

»Ich trinke zu viel«, überlegte er. Und warum trank er zu viel? Weil er niedergeschlagen war. Und warum zum Teufel war er niedergeschlagen? Er gestand es sich nur ungern ein, aber während der beiden letzten Tage war es ihm wenigstens moralisch recht gut gegangen und schuld daran war natürlich die Graue gewesen, wer denn sonst? Bewegung war in sein sonst lahmarschiges Dasein gekommen. Jetzt hatten sich die Wellen bereits geglättet und alles war wieder beim Alten.

Die Graue! Er sah sie wieder vor sich, frierend in ihrem Schlabberrock, die Hilf- und Ratlosigkeit in Person, er hörte ihre tränenerstickte Stimme:

»Haben Sie mein Kind gesehen..., so helfen Sie mir doch!«

Die Graue! Die Graue, die so getan hatte, als wäre sie ohne seine Hilfe völlig aufgeschmissen, die Graue, die vorhin natürlich Zeugin des besoffenen Anrufs gewesen war und sich zweifellos den Bauch gehalten hatte vor Lachen über den alten Seckel, der ihr auf den Leim gekrochen war.

Mit der Zeit begann Kammermann zu frösteln. Nun musste er sich doch erheben, um im Schlafzimmerschrank den ärmellosen Pullover zu holen. Seine Augen hatten sich mittlerweile so gut an die Dunkelheit gewöhnt, dass er dazu kein Licht brauchte. Irgendetwas musste er noch anfangen, sonst erstarrte er zur Salzsäule in seiner sterilen Küche.

Immer noch im Dunkeln verfügte er sich in die Wohnstube. Das erneut aufgefüllte Glas nahm er mit, die Flasche ließ er in der Küche stehen. Er ging zur kiefernen, ziemlich leeren Wohnwand. Nebst diversen Briefmarkenalben gab es dort ein mehrbändiges Konversationslexikon im Taschenbuchformat, einen gravierten, silbernen Becher, den Kammermann in seinen guten Tagen am Berglauf von Abländschen gewonnen hatte, eine ebenfalls mit einer Gravur versehene Kristallflasche und einen teuren CD-Player samt Verstärker und Kassettengerät.

Sonst eher ein Kulturmuffel, hatte Kammermann nebst seiner beachtlichen Markensammlung eine weitere Leidenschaft: seine Musikanlage. Er verstand zwar, wie er von sich selber sagte, einen Dreck von Musik, aber er hörte sie gerne, besonders die klassische.

Nun musste er doch die Stehlampe anzünden, um in der Schublade unter dem Bücherbrett die gewünschte Compact Disc auszuwählen. Er legte das Erste Klavierkonzert von Frédéric Chopin auf und setzte sich in den ebenfalls kiefernen Schaukelstuhl mit den beigebraun gemusterten Kissenbezügen. Das Allegro maestoso des ersten Satzes fiel über ihn herein wie ein starker, warmer Sommerregen, ein lichter Dunst ging nieder und ließ die Stube mit ihren Allerweltsmöbeln verschwinden, selbst die Helligkeit der Lampe störte ihn jetzt nicht, er merkte gar nicht, ob sie brannte oder nicht.

Er konnte später nicht sagen, wann er eingenickt war. Das Glas hatte er jedenfalls noch ausgetrunken, auch kam es ihm vor, als habe er den Anfang des Larghetto des zweiten Satzes noch gehört, aber dann musste ihn der Schlaf überkommen haben.

Als er aufschreckte, war es bereits nach zehn Uhr und die Stube von einer seltsam tönenden Stille erfüllt, so als wäre von irgendwoher das Echo der vorher abgespielten Musik zu vernehmen. Kammermann fühlte sich nicht gut, ja er fühlte sich saumäßig. In seinem Mund war ein säuerlicher Geschmack; obwohl er nichts gegessen hatte, lag ein Klumpen in seinem Magen und sein Kopf war mit Watte gefüllt. Nun blendete ihn auch das Licht wieder und der Gedanke, dass er sich bewegen musste, um zum Beispiel zu Bett zu gehen, erschien ihm absolut widerwärtig.

Angeekelt betrachtete er das leere Weinglas, dann quälte er seine steif gewordenen Glieder aus dem Schaukelstuhl, um wenigstens die Musikanlage auszuschalten. In diesem Augenblick ertönte das Dingdong der Türglocke.

Was in aller Welt sollte jetzt das bedeuten? Im ersten Moment war Kammermann versucht, überhaupt nicht zu reagieren. Das beleuchtete Wohnzimmerfenster war von der Straße aus nicht zu sehen. Aber die durch die Türglocke verursachte Spannung wirkte auf ihn wie ein Schluck Alkohol, er wurde munterer und seine Neugierde war geweckt.

Das altmodische Haus verfügte weder über einen automatischen Türöffner noch über eine Gegensprechanlage. Wollte Kammermann wissen, wer vor der Haustüre stand, war er gezwungen, vor Ort nachzusehen. Während er mit dem Lift vom dritten Stock ins Erdgeschoss hinunterfuhr, musste er natürlich an die Graue denken. Verhudelt und verkatert, wie er im Augenblick war, käme ihm ihr Besuch höchst ungelegen. Allerdings musste er sich fragen, wer außer ihr ihn zu dieser späten Stunde aufsuchen mochte, und er konnte bloß hoffen, dass ein paar Nachtbuben sich mit der Läuterei einen Jux geleistet hatten.

Bevor Kammermann den Hausschlüssel drehte, knipste er die Außenbeleuchtung an. Vor der matt schimmernden Türscheibe war kein Schatten und nichts auszumachen. Er öffnete den Eingang gerade so weit, dass er vorsichtig hinausspähen konnte. Auf dem gegen die Straße hin ausgerichteten Vorplatz und knapp außerhalb des Lichtscheins stand eine Vogelscheuche und Kammermann brauchte gar nicht genau hinzusehen, um zu wissen, dass es tatsächlich die Graue war. Da musste er sich schlagartig eingestehen, dass er enttäuscht gewesen wäre, wenn es sich um jemand anderen gehandelt hätte.

»Was machst denn du hier?«, rief er und blieb vorsichtshalber bei der Türe stehen; vorläufig wollte er ihr nicht zu nahe kommen.

Sie zuckte bloß die Schultern und gab keinen Ton von sich.

Nun löste sich Kammermann doch vom Hauseingang, gleichzeitig wiederholte er seine Frage.

Das Kind sei noch nicht zum Vorschein gekommen, erklärte sie mit Grabesstimme und trat zögernd aus der Dunkelheit ans Licht.

Das habe er bereits vernommen, bestätigte Kammermann. Um ihm das mitzuteilen, hätte sie ihn nicht zu dieser Unzeit herausläuten müssen.

»Sorry!«, murmelte sie.

»Überhaupt habe ich nicht damit gerechnet, jemals noch etwas von dir zu hören. Schon gar nicht nach dem, was heute Abend vorgefallen ist.« Beim letzten Satz hob er die Stimme.

Was er damit meine, tat sie naiv.

»Du weißt ganz genau, was ich damit meine«, ärgerte sich Kammermann. »Ich habe nicht die geringste Lust, mich weiterhin mit dir und deinesgleichen herumzuprügeln. Ein zweites Mal lasse ich mich von dir nicht verseckeln, da kannst du Gift drauf nehmen.«

»Ich habe Sie nicht verseckelt.«

»So, und was ist mit diesem blödsinnigen Anruf von heute Abend? Lustig gemacht hat sich die ganze Bande über mich. Und wie kommst du überhaupt dazu, mit meiner Telefonnummer hausieren zu gehen?«

»Sorry!«, flüsterte sie erneut.

Sie standen immer noch im Halbdunkel des mit Granitplatten bedeckten Vorplatzes. Für einen geisterhaften Augenblick vermeinte Kammermann, hinter der Grauen den leeren Kinderwagen zu sehen, aber er musste sich getäuscht haben, hinter ihr war nichts. Dann hob er den Kopf und blickte an der Hausfassade empor. Hoffentlich war niemand Zeuge dieses spätabendlichen Auftritts.

»Hör mir jetzt einmal gut zu«, drohte er mit verhaltener Stimme. »Ich will mit dir und deinen dubiosen Kumpanen nichts mehr zu tun haben. Wenn du jetzt nicht null Komma plötzlich Fäden ziehst, melde ich die ganze Angelegenheit der Polizei. Das ist alles, was ich dir noch zu melden habe. Also, hau ab!«

Sein plötzlicher Zorn überraschte ihn selber. So sackgrob hatte er der Frau eigentlich nicht kommen wollen. Aber ihm verleidete die ganze Geschichte. Da stand er in ausgewachsener Katerstimmung im Finstern draußen und fror wie ein Schneider für nichts und wieder nichts. Schon an der Aare unten hatte er geahnt, dass die Sache schief herauskommen würde. Jetzt hatte er den Dreck. Abrupt wandte er sich ab und ging auf die Haustüre zu.

Hinter ihm brach die Graue in lautes Schluchzen aus. Und obschon Kammermann nicht darauf achten wollte, musste er doch hinhören. Dieses Weinen, das durch die schwarz verglaste, langsam einfrostende Herbstnacht drang, hatte so etwas Trostloses an sich, dass Kammermann ein kalter Schauder über den Rücken kroch. Er hatte schon die Türfalle in der Hand, aber dann drehte er sich um und ging nochmals über den steinernen, von Strauchgerippen umrandeten Vorplatz auf die Graue zu.

»Was ist denn los, verdammt noch mal?« Seine Wut war dem unbeholfenen Mitleid gewichen, das er schon früher für sie empfunden hatte. »So schlimm wird doch das alles nicht sein.«

»Doch, es ist schlimm«, schluchzte die Graue. »Ich wollte Sie doch nicht verarschen. Ich habe bloß den andern von Ihnen erzählt.« Auf einmal redete sie wie ein Buch:

»Die haben mir nicht glauben wollen, dass ich Sie kenne, da habe ich halt Ihre Karte gezeigt. Und Ändu hat sie mir aus den Fingern gerissen und gesagt, er dulde nicht, dass irgendein Spießer oder Oberbonze mit mir anbändle, dem wolle er gleich telefonisch den Tarif durchgeben. Die andern hatten ihn natürlich angeheizt, und dann hat er der Rosle das Handy weggenommen und telefoniert und ich konnte es nicht verhindern. Und Sie anrufen konnte ich auch nicht, weil ich keinen hölzernen Rappen mehr besitze. Da habe ich mir gedacht, am besten komme ich her und erkläre alles und ...«

Nun musste sie doch eine von Tränen überschwemmte Pause einlegen.

Kammermann fasste nach ihrem Arm und verzog sich mit ihr ganz hinter den Vorhang der Nacht, gleichzeitig versicherte er sich nochmals, dass sie nicht von irgendwoher beobachtet wurden.

Von wo aus man ihm telefoniert habe, wollte er wissen.

»Aus der Waschküche der Villa Megert«, schnupfte sie.

»Aus welcher Waschküche?«

»Von der Villa Megert!«

»Was soll das heißen?«, wunderte sich Kammermann.

»Eh ja, wir haben uns dort ... wir wohnen manchmal dort«, gab die Graue Auskunft.

»In der Waschküche?«

»Ja, in der Waschküche. Das heißt, es ist eigentlich keine Waschküche mehr, es ist bloß noch so ein ... ein Raum. Ja, ein leerer Raum und wir haben ein paar Schlafsäcke dort und so.«

»So, so. Das muss ja mächtig gemütlich sein«, konstatierte Kammermann.

»Wenn wir sonst nirgends hin können«, maulte die Graue.

»Ja, und die Megerts, die erlauben das?«

»Die wohnen schon lange nicht mehr dort. Die Villa steht seit hundert Jahren leer, darum ist sie von den andern besetzt worden.«

»Von welchen andern?«

»Eh, von den andern Cliquen. Wir sind eben zu spät gekommen, für uns blieben vorläufig nur die Waschküche und ein Teil des Kellers.«

Kammermann sah seine Vermutungen bestätigt: Die Graue trieb sich mit einer Meute von Hausbesetzern und anderen Nichtsnutzen herum, und wenn sie nicht auf der Treppe der

Heiliggeistkirche oder sonst wo im Freien hockte, wohnte sie wenigstens zeitweise im Keller dieser ominösen Villa Megert, von der er bis jetzt allerdings nie etwas gehört hatte.

»Und was macht ihr dort in eurer Waschküche?«, wollte er wissen. »Drögelen, schätze ich, oder saufen.«

»Wir nehmen keine Drogen, never.«

»Nein, aber Alkohol. Ich rieche es, du stinkst wie ein Küferschurz.« Da schimpfte auch ein Esel den andern Langohr, musste er sich unvermittelt eingestehen.

»Sorry«, flennte sie schon wieder.

»Viel anderes als sorry weißt du offenbar nicht zu sagen.«

Sie blieb stumm.

»Und was soll ich jetzt mit dir beginnen?«, fragte Kammermann. Wegschicken wollte er sie eigentlich nicht, aber mit hinaufnehmen wollte er sie noch weniger und die Beizen, wo man zur Not hätte hingehen können, stellten wohl schon die Stühle auf die Tische. Mochte der Teufel den ganzen Mist holen! Jedenfalls dachte er nicht im Traum daran, sie in seiner Wohnung unterzubringen.

»Könnte ich nicht bei Ihnen unterschlüpfen, wenigstens diese Nacht? Ich brauche gar nichts und ich kann ganz gut auf dem Teppich schlafen.«

Natürlich! Kammermann hatte es kommen sehen. Er raufte sich die Haare. Nein, er wollte sie nicht bei sich haben, alles in ihm sträubte sich dagegen. Er ließ sie im Finstern stehen, ging langsam weg. Und im Weggehen drehte er sich noch einmal um.

»Komm!«, sagte er.

8

Komm!«, hatte auch Roman Bühler zu seiner Frau gesagt, als sie damals in der dumpfen Mainacht aus dem Kinderspital getreten waren.

Sie gingen wieder zu ihrem Wagen, sanken beide auf die Polster und regten sich nicht mehr, bis das Morgengrauen durch das schwarze Laub der Kastanienbäume schielte und die Singvögel mit ihren Flötenspieltönen einen von vielen Trauertagen einleiteten.

Obschon man ihr jede medizinische und vor allem psychiatrische Hilfe angedeihen ließ, wollte sich Margret nicht erholen. Sie erlag ihrem Trübsinn, verfiel oft in völlige Apathie. Bloß wenn ihr irgendwo spielende Kinder in die Quere kamen oder im Bus zufälligerweise eine Mutter mit ihrem Baby neben sie zu sitzen kam, erwachte sie und ihr sonst stumpfer Blick begann zu glänzen. Wenn sie sich ausnahmsweise aufraffte, etwas einigermaßen Vernünftiges zu unternehmen, so tat sie das so lustlos, dass es Roman die Wände hochtrieb. Ihm wäre es manchmal beinahe lieber gewesen, sie hätte zu trinken begonnen oder sich mit Haut und Haaren einer Geistheilerin oder gar einer Sekte ausgeliefert. Aber sie regte sich überhaupt nicht, kapselte sich ab, mochte kaum einmal ein Lächeln auf die Lippen zwingen und jeder Versuch, sie zu zerstreuen oder aufzuheitern, schlug fehl. Geweint hatte sie noch immer nicht. Ihre Tränen flossen nach innen und der Eisklumpen, den sie in ihrer Seele bildeten, wurde immer größer. Da Margret keine Besuche machte, geschweige denn solche empfing, war auch der Kontakt zu Verwandten und Freunden fast gänzlich abgebrochen.

Aus ihrem Eheleben war eine endlose Fastenzeit geworden und Roman machte die Hölle durch. Am schlimmsten war für ihn die Tatsache, dass er nichts für seine Frau tun konnte. Fassungslos stand er vor dem schwarzen Loch, in das sie gefallen war; er hatte nicht die geringste Chance, ihr herauszuhelfen. Manchmal verlor er die Nerven, dann schrie er sie an, nannte sie einen hysterischen Wirrkopf oder eine elende Trauerweide, schüttelte sie und versuchte ihr einzutrichtern, dass sie mit fünfunddreißig nicht einfach ihr und damit auch sein Leben wegschmeißen könne.

Nach solchen Ausfällen verfiel er in heftige Weinkrämpfe, während sie stumm und tränenlos wie immer vor sich hin starrte. Sie kauerten dann beide weit auseinander in einer Ecke und schwiegen sich an, so lange, bis sie die aufsteigende Gemütskälte nicht mehr ertrugen und wieder die Wärme des anderen suchten, so dass sie endlich eng umschlungen in ihrem nutzlosen Ehebett lagen und versuchten, ihr Elend gemeinsam zu meistern. Doch wenn sie später nach allzu kurzem Schlaf erwachten, wurden sie bereits von neuen bösen Geistern erwartet.

Nicht genug, dass sie andauernd von ihrem Unglück drangsaliert wurden, auch sonst gerieten sie sich wegen jeder Kleinigkeit in die Haare. Jedem noch so belanglosen Entschluss ging jeweilen eine ellenlange Debatte voraus und eines kleinen Missverständnisses wegen konnten sie sich einen ganzen Abend und die halbe Nacht angiften. Manchmal dünkte es Roman, der erlittene Schicksalsschlag komme Margret gar nicht so ungelegen, konnte sie doch damit entschuldigen, dass sie aus jeder Mücke einen Elefanten machte und auch mit den kleinsten an sie gestellten Anforderungen nicht fertig wurde.

Doch im zweiten Herbst nach dem Katastrophenfrühling stellte Roman bei Margret eine gewisse Veränderung fest. Wenn er jeweilen gegen Abend nach Hause kam, erschien ihm ihr ehemals schönes Gesicht nicht mehr so welk wie sonst, und manchmal dünkte es ihn, sie sei fast ein wenig aufgekratzt. Roman vermutete, dass das neue Antidepressivum, das sie seit einigen Tagen einnahm, bei ihr gut anschlug. Auf ihr besseres Aussehen angesprochen, erklärte Margret aber, sie habe gemerkt, dass ihr die frische Luft gut tue, darum unternehme sie neuerdings längere nachmittägliche Spaziergänge.

Roman, der diese Nachricht als positives Zeichen wertete, atmete auf. Wenn Margret es fertig brachte, allein außer Haus zu gehen, so war noch nicht alles verloren und vielleicht würde sie auch bald den alltäglichen Kram besser verkraften können.

Wo sie denn jeweilen hingehe, wollte er wissen.

Angefangen habe es damit, dass sie hie und da mit dem Züglein von Zollikofen nach Bern gefahren sei, erzählte sie. Eines Tages sei sie dann auf die Idee gekommen, an die Aare hinabzusteigen und den Weg zu Fuß zu machen. Allerdings habe sie die Distanz unterschätzt, bis jetzt sei sie erst bis zum Stauwehr in der Felsenau vorgedrungen und zurück nehme sie dann das Züglein, vom Wehr bis zur Station sei es ja nur ein Katzensprung. Überhaupt müsse sie schließlich keine sportliche Leistung vollbringen, wichtig sei für sie, dem Fluss entlangzuschlendern, die Natur zu spüren und ihren Gedanken nachzuhängen.

Roman nahm diese Botschaft mit gemischten Gefühlen auf und seine anfängliche Begeisterung über ihre aufkeimenden Kräfte ebbte ab. Diese Spaziergänge waren ja schön und recht, bloß wäre es ihm lieber gewesen, Margret hätte sich nicht ausgerechnet auf einem Uferweg bewegt. Er sah sie vor sich, wie sie mit eingezogenen Schultern daherschlich, den

Blick auf das schwarze Wasser geheftet, ab und zu aufschauend und aufatmend, aber dann wieder der Melancholie und der Schwermut anheim fallend. Gott mochte wissen, was ihr angesichts des nahen Flusses für Gedanken kamen.

Allerdings musste er sich sagen, dass die Gefahr, an die er dachte, überall lauerte. Es gab hohe Brücken oder Eisenbahnschienen und schließlich konnte er Margret nicht dauernd überwachen. Aber er war jedes Mal erleichtert, wenn er, von der Arbeit zurückkehrend, Margret zu Hause vorfand. Als sie einmal erst nach ihm auftauchte, machte er ihr die schlimmsten Vorhaltungen, die sie ungeschickt genug zu parieren versuchte, mit dem Resultat, dass sie sich wieder einmal die halbe Nacht in den Haaren lagen.

Indessen schien es mit Bühlers doch aufwärts zu gehen, wenigstens bis zu jenem Tag, da Margret auf ihrem gewohnten Spaziergang knapp unterhalb des Stauwehrs eine grauhaarige, aber noch junge Frau mit einem Kind entgegenkam. Das wäre an sich nichts Weltbewegendes gewesen, aber Margret, die Mütter mit Kindern immer mit Sperberaugen betrachten musste, ob sie wollte oder nicht, war allerlei aufgefallen:

Die Frau sah überhaupt nicht wie eine Mutter aus, sondern wie eine Gammlerin oder etwas in dieser Währung. Es war schwer zu verstehen, dass das Kind, ein hellblonder, etwa zweijähriger Junge, zu ihr gehören sollte, so, wie sie mit ihm verfuhr. Jedes Mal nämlich, wenn der Bub sich herandrängte und in das Wägelchen steigen wollte, das sie vor sich hin schob, schubste sie ihn unsanft weg, und er musste hinter ihr herstoffeln. Sobald dann der Abstand zwischen ihnen auf einige Meter angewachsen war, ließ sie den Wagen stehen, schlurfte zurück, fasste den Buben beim Träger seiner Jeanshose und zerrte ihn wie ein widerspenstiges Kalb mit sich. Das wiederholte sich einige Male und so lange, als dass Margret dem seltsamen Gespann, das sich flussabwärts bewegte, nachblicken konnte.

»Blödes Aas, warum lässt sie das Kind nicht fahren?«

Die Tatsache, dass hier alles verkehrt war und der liebe Gott beim Verteilen des Kindersegens offenbar wieder einmal gründlich danebengegriffen hatte, beschäftigte Margret heute nicht mehr besonders. Auf einmal war sie gegenüber diesem Thema abgestumpft, diese ewige Platte »Warum darfst du ein Kind haben und ich nicht?« war unvermittelt ausgeleiert. Zu oft hatte sie Mütter beobachten müssen, die zu ihren Kindern nicht lieb waren oder sie gar misshandelten, zu oft hatte sie sich wegen dem unsäglichen Unrecht, das ihr widerfahren war, fast hintersonnen. Diese Begegnung an der Aare war sozusagen der Schlusspunkt zu einer pausenlosen Klage gegen Gott und die Welt.

Dafür war Margret ganz einfach fasziniert und berührt von diesem immer wiederkehrenden, schon fast stur ablaufenden Schauspiel. Jedes zweite oder dritte Mal, wenn sie sich am Flussufer aufhielt, tauchte auch die graue Frau mit dem Kinderwagen auf und immer dann, wenn der verschupfte Junge seiner Rabenmutter nachtrippeln musste, weil sie ihn vorher hatte stehen lassen, zerschmolz Margrets Herz vor Mitleid.

War die Grauhaarige überhaupt seine Mutter? Möglicherweise versah sie bloß Hütedienste. Aber auch dann wäre der Bub nicht zu beneiden gewesen, denn das müssten ja seltsame Vögel von Eltern sein, die ihr Kind einem solch dubiosen Weibsstück anvertrauten.

An jenem Tag dann, als Margret ohnehin von einer unerklärlichen Euphorie getragen wurde und ihr alles seltsam unwirklich vorkam, so dass sie sich allen Ernstes fragen musste, ob sie versehentlich die doppelte Dosis der neuen Tabletten geschluckt habe, kam ihr der kleine Junge allein entgegen. Die Grauhaarige kauerte etwa fünfzig Meter zurück auf einer Bank, den leeren Kinderwagen hatte sie schräg neben sich gestellt.

Das Wehr sah man von hier aus noch nicht, doch sein Wasserfall war bereits deutlich zu hören. Er wurde nur einmal vom Lärm eines hoch oben auf dem Damm vorbeirasselnden Zuges übertönt. Manchmal brachen ein paar nachmittägliche Sonnenstrahlen durch die über der Flusslandschaft brodelnde Nebelsuppe und versahen das dunkel dahinrinnende Wasser der Aare mit silbernen Sprenkeln.

Als Margret den kleinen Buben, der andauernd über seine Jeanshöschen stolperte, näher kommen sah, konnte sie sich ohne weiteres zusammenreimen, was geschehen war. Die Mutter hatte sich offenbar einen Augenblick ausruhen wollen, war dabei eingeschlafen und der Junge hatte sich selbstständig gemacht. Verhalten vor sich hin flennend watschelte er geradewegs auf Margret zu, und bevor sie wusste, wie ihr geschah, hatte sie ihn aufgehoben und hielt ihn in den Armen.

Das Kind machte einen vernachlässigten Eindruck. Seine ungewaschenen, blonden Haare rochen nach verrottetem Stroh, über seine von Sommersprossen gesprenkelten Wangen zogen sich halb eingetrocknete Tränenspuren, und sein Frettchenmund war mit den klebrigen Resten von Schokolade oder etwas Ähnlichem verschmiert.

Aber Margret störte das alles nicht. Sie spürte bloß den warmen Atem des Jungen, das rasche Klopfen seines kleinen Herzens, und als er die in einem schmuddeligen, hellgrünen Pullover steckenden Ärmchen um sie schlang und sich an sie schmiegte wie ein verängstigtes Kaninchen, war es um sie geschehen. Sie drückte das Kind an sich, und nach einer unglaublich langen Zeit brach sie endlich in haltloses Weinen aus, das Eis in ihr begann zu schmelzen.

»Kevin«, flüsterte sie und es war ihr völlig egal, dass der Junge nicht Kevin war.

»Kevin, Kevin!«

Margret bemerkte nicht, dass die schräg stehenden Strahlenbündel erneut durch den Nebelvorhang brachen und im herbstlichen Auwald bengalische Feuer anzündeten, bemerkte nicht den Jogger, der sie beinahe überrannte, bemerkte nicht die paar Spaziergänger, die der weinenden Frau mit dem Kind erstaunte Blicke zuwarfen, sich jedoch jedes Kommentars enthielten, und bemerkte auch nicht die grauen Gestalten der beiden Fischer, die direkt vor ihr unten am Wasser standen und nur ab und zu den Kopf wandten und zu ihr hinaufschauten.

Langsam rückwärts gehend, blickte sie zur Bank mit der schlafenden Frau; der Frau, die sie nicht kannte und die sie nichts anging und von der sie bloß wusste, dass sie eine himmeltraurige Mutter sein musste. Sie schaute auf das Kind in ihren Armen hinunter, und als sie den Blick zum zweiten Mal hob, kam es ihr vor, als sei die Grauhaarige verschwunden und nur der leere Wagen stehe noch dort. Dann drehte sie sich um und hastete flussabwärts davon.

Sie drückte den Jungen an sich, sie träumte, sie lief wie auf Schienen. Ein warmer Luftzug streifte sie wie ein Hauch von Mutterglück, das dürre Laub unter ihren davoneilenden Füßen roch nach Curry.

Es war ein ganz gewöhnlicher Tag, ein Tag, an dem sich Sonnenschein und Nebel abwechselten, ein Tag, dem höchstens etwas Unwirkliches anhaftete, weil sich noch der Abglanz des vergangenen Sommers erahnen ließ, die über dem Flussbett immer wieder aufquellenden Nebelhexen aber bereits den nahenden Winter androhten.

Es war jener 25. Oktober, an dem Margret Bühler mitten am Nachmittag auf einem mehr oder weniger begangenen Uferweg einen kleinen Jungen entführte, ohne dass jemand Notiz davon zu nehmen schien. Bloß der größere der beiden Fischer packte plötzlich sein Angelzeug zusammen und folgte raschen Schrittes der Frau mit dem Kind, die soeben hinter der nächsten, herbstlaubbehangenen Wegbiegung verschwunden war.

9

Nachdem Kammermann die Graue am nächsten Morgen zeitig aus dem Haus gescheucht hatte, öffnete er zuerst alle Fenster, dann atmete er tief durch. Der Alkoholnebel war aus seinem Schädel gewichen und bei Lichte besehen musste er zugeben, dass er eine Dummheit begangen hatte. Es war ein Fehler gewesen, die Graue zu beherbergen, und er wusste schon jetzt, dass er sie kein zweites Mal im Hause haben wollte. Nur eben, was wäre geschehen, wenn er sie nicht hereingelassen hätte? Dann wäre sie an einem andern Ort, zum Beispiel bei ihrer Clique, gelandet und das hätte ihn auch wieder geärgert.

Er nahm die zerknüllte Wolldecke vom Sofa im Wohnzimmer, schüttelte sie aus und legte sie sorgfältig zusammen.

»Eine unordentliche Person«, dachte Kammermann, der dem späten Gast in der Aufregung keine andere Schlafgelegenheit hatte anbieten können als das Sofa und der im Übrigen so verdattert gewesen war, dass er sich aus lauter Verlegenheit im eigenen Schlafzimmer eingeschlossen hatte.

Und dann war er noch blöd genug gewesen, ihr beim Abschied ein Zwanzigernötli in die Hand zu drücken. Er schüttelte über sich selber den Kopf. Genau das hatte er tun müssen, um sie überhaupt nie mehr loszuwerden. Die würde wiederkommen, das war so sicher wie das Amen in der Kirche, die würde ihm die Bude einrennen und er würde sich wieder um sie kümmern, sie sogar wieder aufnehmen müssen, denn wer einmal A gesagt hatte, musste auch B sagen.

Normalerweise wäre Kammermann um diese Zeit in der Küche gestanden, hätte zwei Pfefferminzbeutel mit heißem Wasser übergossen und sich dann an den Tisch gesetzt, um die Zeitung zu lesen. Stattdessen tigerte er in der Wohnung umher, haderte mit dem Schicksal, das heißt vor allem mit sich selbst, und stellte sich Fragen wie gehabt.

War der Grauen wirklich ihr verdammter Balg abhanden gekommen oder hatte sie gar kein Kind und schwindelte ihn bloß an? Und wenn sie ihn anschwindelte, wozu denn? Was wollte sie von ihm und was wollte er, wenn er doch immer wieder auf sie einging, eigentlich von ihr? Und wo zum Teufel steckte der Knabe Roland, wenn er tatsächlich existierte?

Kammermann schloss die Fenster, zuerst im Schlaf- und dann im Wohnzimmer; anschließend ging er doch in die Küche, wo auf dem Herd immer noch die Pfanne stand, in der er am vorigen Abend die Ravioli hatte heiß machen wollen.

Ja, was wollte er von ihr? Das war doch die entscheidende Frage. Er hätte sie längstens abwimmeln können. Er war eben ein dummer, hilfsbereiter Trottel, einer, der sich ausnützen ließ.

War er das? Ja, genau das war er. Er setzte die mit frischem Wasser gefüllte Pfanne auf, stellte die Herdplatte an.

Wollte er etwas von ihr? Was sollte er schon von ihr wollen? Nichts wollte er von ihr, gar nichts und er konnte nur hoffen, dass sie dort blieb, wo sie am Morgen hingegangen war.

Aber sie blieb natürlich nicht dort. Wie Kammermann vorausgesehen hatte, kam sie bereits am Abend zurück, diesmal früher als am Mittwoch. Kammermann war gerade dabei, den einzigen Teller und das Besteck von seinem einsamen Abendessen abzuwaschen, als es läutete.

Es gebe eine Spur von Roland, erklärte sie, nachdem er sie,

unwirsch genug, aufgefordert hatte, auf dem Sofa im Wohnzimmer Platz zu nehmen. Einer ihrer Freunde habe ihn wahrscheinlich im Rosengarten angetroffen.

Warum er ihn dann nicht gleich mitgenommen habe, erkundigte sich Kammermann, der einmal mehr den Verdacht hatte, dass die Graue ihm Lügen auftischte oder sich wichtig machen wollte.

Ihr Freund sei eben nicht sicher gewesen.

Kammermann zog die hellgelben Vorhänge mit dem dunklen Rosenmuster vor, löschte die Deckenbeleuchtung und zündete dafür die Stehlampe neben dem Sofa an. Dann zog er einen Stuhl vom Esstisch heran und setzte sich verkehrt darauf, die Arme verschränkte er auf der Lehne.

»Nun hör einmal gut zu, Graue«, hub er an. »So kommen wir nicht weiter. Dass dir deine Kumpane alle naselang erzählen werden, man habe deinen Buben irgendwo gesehen, da kannst du Gift drauf nehmen. Das ist doch dummes Geschwätz von Leuten, die gerne Gerüchte verbreiten. Ich habe es dir schon hundert Mal gesagt, die einzige Instanz, die dir helfen kann, ist die Polizei.«

»Sie sind ja von der Polizei«, stellte die Graue fest.

Kammermann fiel aus allen Wolken. Wo sie jetzt das wieder herhabe, wollte er wissen.

»Von Leuten, die Gerüchte verbreiten«, gab die Graue zurück. Im Übrigen sei er in gewissen Kreisen eine berühmte Größe gewesen, da könne er sich lange Mühe geben, seinen einstigen Job zu verheimlichen.

»Die Szene«, dachte Kammermann, »die verfluchte Szene! Ich habe ja gewusst, dass ich dieses Weibsstück schon früher einmal angetroffen habe.«

»Das war einmal«, holte Kammermann zu einer längeren Tirade aus. »Ich bin nicht mehr bei der Polizei, verstehst du, schon längst nicht mehr, und wenn du glaubst, ich hätte noch irgendwelche wundersamen Beziehungen, die ich spielen lassen könnte, bist du auf dem Holzweg. Ich kann höchstens dich über das Verschwinden von Roland befragen, und du hast mir ja noch immer nicht die Wahrheit gesagt. Du bist nicht bloß eingenickt an der Aare unten, du hast doch gepennt wie ein Stock, und der Bub hatte Zeit genug, um davonzulaufen. Was soll ich also tun? In der ganzen Stadt herumrennen und mich lauthals erkundigen nach einem kleinen, blonden Buben, der zufälligerweise Roland heißt, oder soll ich im Fluss nach ihm fischen, falls er ertrunken ist? Das ist doch alles Mumpitz! Das Einzige, was noch nützen dürfte, ist ein Aufruf an die Bevölkerung über sämtliche Medien, und den kann in Gottes Namen nur die Polizei veranlassen und nicht ich alter, ausgemusterter Seckel.«

Kammermann war von seiner unkomfortablen Sitzgelegenheit aufgestanden und sauste wieder einmal so nervös hin und her wie ein Furz auf der Vorhangstange. Die Graue saß kerzengerade auf dem Sofa und schaute ihn mit großen Augen an.

Ob sie schon gegessen habe, erkundigte sich Kammermann.

Sie nickte und richtete sich etwas bequemer ein.

»Und überhaupt«, hub Kammermann von neuem an und setzte sich wieder, diesmal aufs Ruhbett in züchtigem Abstand von der Grauen. »Und überhaupt, die Geschichte mit deinem Buben ist das eine. Das andere ist die Tatsache, dass du selber auch Hilfe brauchst. Gib es doch endlich zu! Das Gefasel vom Verschwinden des Kindes ist doch ein Märchen, das du wahrscheinlich auch andern Leuten aufgebunden hast. Wahrscheinlich hast du gar kein Kind. Du brauchst Geld, du brauchst zu essen und du brauchst ein Dach über dem Kopf. Deine so genannten Freunde haben dich verseckelt, bei denen bist du abgeschrieben, bei denen ist nichts mehr zu holen. Ihr tut ja nichts anderes als einander verseckeln. Du bist, wie man so schön sagt, am Arsch, und das Einzige, was dir noch blühen kann, ist, dass du in der Gosse landest und von deiner geliebten Schroterei aufgegriffen und in einem Heim versorgt wirst. Und genau das willst du natürlich verhüten.«

Die Graue kauerte jetzt auf dem Sofa wie ein gerupftes Huhn, die Haare waren ihr ins Gesicht gefallen.

»Ich habe ein Kind, und das Kind ist verloren gegangen«, schnupfte sie von unten herauf. »Und meine Freunde haben mich nicht verseckelt. Wir halten mehr zusammen, als ihr da oben glaubt.« Sie hob den Kopf und strich die Haare zurück. »Aber ihr habt ja keine Ahnung von uns. Die ganzen verfluchten Spießer und Oberbonzen könnten von Glück reden, wenn sie nur ein Quäntchen so viel Zusammenhalt hätten wie wir. Nur Geld haben wir keines, das ist wahr.«

Nun war die Graue aufgestanden und ging vor dem Ex-Wachtmeister mit kleinen Schritten auf und ab. »Geld haben wir keines«, wiederholte sie mit erhobener Stimme, »und wenn man Geld braucht, so muss man singen oder mischeln, oder wenn man das Pech hat, als Modi geboren zu sein, so darf man irgendwo im Gebüsch oder in einem Bonzenschlitten die Haxen breit machen für einen von euch Großmuftis, darf sich vernaschen lassen von den gnädigen Herren, und das sind dann genau diejenigen, die sich bei jeder Gelegenheit über uns das Maul zerreißen und uns als Abschaum der Menschheit taxieren.«

Langsam hatte sie sich in Rage geredet. Kammermann, der immer noch auf dem Sofa saß, sah zweifelnd zu ihr auf und wiegte den Kopf. Es habe sie niemand geheißen, zu viel Alkohol zu trinken und die Straße zu machen, dozierte er. Sie solle arbeiten, dann bräuchte sie nicht auf den Bettel oder gar auf den Strich zu gehen.

»Wie soll ich arbeiten, wenn ich keinen Job kriege? Überhaupt habe ich gearbeitet, aber die haben mich ja rausgeschmissen.«

Wo sie denn gearbeitet habe und warum der Job flöten gegangen sei, wollte Kammermann wissen.

»Bei einem Putzinstitut war ich, aber dann bin ich krank geworden und nachher wollten die mich nicht mehr anstellen, und im Kino Gotthard, wo ich vorher die Kasse gemacht habe, wollten sie mich auch nicht mehr, wegen dem Kind. Ich finde keinen noch so beschissenen Job, wo ich den Buben mitnehmen kann.«

Der würde ja momentan nicht ins Gewicht fallen, wäre es Kammermann beinahe entwischt.

»Ausreden«, sagte er stattdessen. »Alles Ausreden. Glaub der Teufel, dass du krank wirst, wenn du ein solches Lotterleben führst und zu guter Letzt nicht einmal mehr im Stande bist, auf deinen Gof Acht zu geben. Du musst der versackten Bande, mit der du verkehrst, den Rücken kehren, herauskommen aus dem Sumpf und endlich ein anständiges Leben führen. Wo ein Wille ist, ist auch ein Weg, meine Liebe.«

»Ja, und dieser Weg führt von einem Chaos zum andern«, rief die Graue. »Kann ich vielleicht etwas dafür, dass ich schon als Huscheli auf die Erde gefallen bin, dass mein Alter gesoffen hat wie ein Loch, dass ich schon für dumm verkauft worden bin, bevor ich nur trocken hinter den Ohren war, und dass die Alte mich aus der Wohnung geschmissen hat, kaum habe ich die erste Periode gehabt?«

Das alles sei noch lange kein Grund, sich so gehen zu lassen, predigte Kammermann.

»Ich habe mich nicht gehen lassen!«, schrie die Graue, die inzwischen auf jenem Stuhl gelandet war, auf dem vorher Kammermann gesessen hatte. »Ich habe mich nicht gehen lassen, ich bin von einer Scheiße in die andere gestoßen worden. Wie soll ich da ein anständiges Leben führen, he? Sie haben ja wohl selber auch ein mächtig anständiges Leben geführt, dass Sie geschieden sind, das sind Sie nämlich, das hat mir mein kleiner Finger verraten. Und krank müssen Sie ja wohl auch sein, wenn Sie nicht mehr krampfen in Ihrem Alter, oder dann haben Sie sonst irgendwie Dreck am Stecken. Der einzige

Unterschied zwischen Ihnen und mir besteht doch darin, dass Sie für Ihr Versagen und für Ihre Krankheit beklatscht und bezahlt werden und ich nicht.«

Auf diese Tirade hatte Kammermann im Augenblick keine Replik in petto. Er blickte schräg zur Grauen hinüber, dann hievte er sich aus dem Sofa und schlurfte in seinen Pantoffeln in die Küche hinaus. Ungehalten und nervös wie er war, musste er etwas trinken.

Als er mit einer Flasche Wein und zwei Gläsern in das Wohnzimmer zurückkehrte, stand die Graue am Fenster und starrte zwischen den Vorhängen in die finstere Nacht hinaus.

Man könnte vielleicht etwas trinken, schlug Kammermann vor; auf dem Trockenen zu sitzen sei mit der Zeit doch recht ungemütlich. Ob sie auch ein Glas nehme oder ob sie lieber Mineralwasser möchte.

»Haben Sie nichts Schärferes als Wein anzubieten?«, quäkte die Graue vom Fenster her, ohne sich umzuwenden.

»Jetzt will sie mich provozieren«, dachte Kammermann und musste sich zugleich fragen, ob er am Ende in letzter Zeit nicht selber Alkoholprobleme hatte. Jedes Mal, wenn er in Weltuntergangsstimmung war, und das kam oft vor, oder wenn er sich über etwas aufregte, griff er zur Flasche.

»Du kannst auch einen Vermouth haben, wenn du willst«, knurrte er, »einen Kräuter oder einen Williams. Bloß Hasch führe ich keines.«

Die Graue schlenderte zum Sofa zurück und setzte sich erneut.

»Wenn Sie kein Cola haben, trinke ich gerne ein Glas Wein«, spottete sie. »Und übrigens, Drogen sind bei mir nicht drin. Die paar Mal, wo ich gekifft habe, kann ich an einer Hand abzählen.«

»Vielleicht ziehst du auch da etwas Stärkeres vor«, stichelte Kammermann.

Da sprang die Graue schon wieder auf und stellte sich direkt vor Kammermann, der inzwischen die Gläser auf dem Salontisch deponiert hatte, aber die Weinflasche noch in der Hand hielt.

»Hören Sie, Mano! Wenn Sie mich anrüsseln wollen, dann haue ich lieber ab, okay? Ab und zu spüle ich mir die Gurgel aus, das gebe ich zu, aber ich spritze nicht, das habe ich Ihnen schon einmal gesagt. Sie und Ihre belämmerten Vorurteile! Wer nicht zwischen Polstermöbeln, Wohnwand und Zimmergemüse dahinvegetiert, wer keinen protzigen Schlitten unter dem Arsch hat oder am laufenden Band ans andere Ende der Welt jettet und dabei nicht einmal schnallt, dass es Millionen von Menschen gibt, die vor Hunger verrecken, wer nicht Rösti im Abonnement frisst und Milchkaffee dazu säuft, ist in Ihren Augen ohnehin ein Drögeler, ein Alki, eine Niete und eine Null.«

Ob sie jetzt fertig sei, erkundigte sich Kammermann und füllte endlich die beiden Gläser.

»Ist doch wahr«, maulte die Graue.

»Erstens«, rechtfertigte sich Kammermann, »sehe ich hier keine Zimmerpflanzen, zweitens fahre ich schon längst nicht mehr Auto, drittens bin ich noch nie weiter als bis nach Mailand geflogen, und das erst noch dienstlich, und viertens trinke ich zur Rösti gern ein Glas Wein und nicht Milchkaffee. Prosit!«

Die Graue hatte sich wieder hingesetzt und Kammermann konnte bloß staunen, wie sie ihr Glas in einem Zug leerte. Er nahm selber einen tüchtigen Schluck und setzte sich in die andere Sofaecke.

»Und fünftens«, nahm er den Faden wieder auf, »gestatte ich mir die scheue Frage, wer von uns beiden, zum Henker, denn eigentlich Vorurteile hat.«

»Ihre Wohnung wenigstens ist jenseits von gut und böse. So etwas Spießiges habe ich schon lange nicht mehr gesehen.«

»Über Geschmack lässt sich bekanntlich streiten«, brummte Kammermann. Er trank ebenfalls aus, dann füllte er beide Gläser wieder auf.

Diesmal hielt die Graue ihren Schnabel. Sie streifte ihre verdreckten, weißen Turnschuhe ab und zog die Beine aufs Sofa hinauf, ihre Füße in den ebenfalls weißlichen Socken verschwanden unter ihrem Schlabberrock. Offenbar hatte sie im Sinn, vorläufig dazubleiben.

Kammermann, der fleißig an den Bügelfalten seiner Gabardinehose zupfte, hatte es sich nicht so bequem gemacht. Er saß wie auf Nadeln und verwünschte die ganze, unmögliche Situation, in die er schon wieder geraten war. Er musste innerlich zugeben, dass er die Graue unterschätzt hatte. Das verflixte Frauenzimmer war aufgeweckter und schlagfertiger, als er ursprünglich angenommen hatte. Er fuhr sich mehrmals durch seine weiße Mähne, dann nickte er mit dem Kopf, als hätte er einen Entschluss gefasst, aber er schlüpfte bloß aus seinen Pantoffeln, die ihm plötzlich ungemein bünzlig, ja geradezu unästhetisch vorkamen.

So saßen sie beide in ihrer Sofaecke, tranken Wein und glotzten Löcher in die Luft. Das Licht der Stehlampe war gerade hell genug, um die Ungemütlichkeit des öde möblierten Raumes erbarmungslos auszuleuchten. Irgendwo im Haus ertönten Radiolaute, später war fernes Gerede oder Gelächter zu hören, das sich bald wieder irgendwohin verflüchtigte. Kammermann blickte auf seine Armbanduhr und stellte zu seiner Überraschung fest, dass es erst gegen acht Uhr ging. Der frühe Einbruch der Dunkelheit und das Schweigen, das nun schon die längste Zeit zwischen ihm und der Grauen herrschte, ließen die Zeit stillstehen.

Kammermann spürte schon wieder den Wein, diesen hinterhältigen Seelenwärmer, der ihm in letzter Zeit hie und da einen Streich gespielt hatte. Anstatt sich endlich den nötigen Ruck zu geben und die Graue hinauszukomplimentieren, fand er ihre Gesellschaft auf einmal ganz angenehm. Offenbar hatte sie kürzlich die Haare gewaschen. Es dünkte ihn fast, ins Grau hätten sich goldene Sprenkel gemischt. Langsam freundete er sich mit dem Gedanken an, in der Küche eine zweite Flasche Wein und die Kerzen zu holen.

Die Graue, die wie eine Nachteule in ihrer Ecke hockte und schon eine ganze Weile zu ihm herübergestarrt hatte, schien seine Gedanken lesen zu können, denn sie erklärte, im Glas nur noch den Boden zu sehen, und außerdem sei das Licht schauderhaft, ob es eigentlich keine gemütlichere Beleuchtung gäbe.

Kammermann rollte auf leisen Sohlen zwischen Wohnzimmer und Küche hin und her, und als die weißlichtige Stehlampe endlich gelöscht war, die Kerzen brannten und neuer Rotwein in den billigen Allerweltsgläsern funkelte, schien der eben noch in seiner Nüchternheit erstarrte Raum langsam Flügel zu bekommen und sachte davonzufliegen. Alles, was noch fehlte, war ein musikalischer Background; so balancierte sich Kammermann zum CD-Player in der halb leeren Wohnwand hinüber. Da er das Chopin-Konzert noch nicht weggenommen hatte, ließ er es noch einmal laufen, in der Annahme, dass die Graue, die sicher an grellere Töne gewöhnt war, meutern würde.

Doch auch hier täuschte er sich in ihr. Die Graue kuschelte sich in ihre Ruhbettecke und machte die ganze Zeit keinen Mucks. Kammermann, der sich selber in einer Art Dämmerzustand befand, nahm an, dass sie eingeschlafen war. Als er aber zu Beginn des Larghettos im zweiten Satz zu ihr hinüberschaute, schien sie aufmerksam zuzuhören.

Später gab sie einen seltsamen, halb erstickten Laut von sich. Der Wachtmeister ergriff die Kerze, die vor ihm auf dem Tischchen flackerte, und leuchtete ihr in das von den goldgrauen Haaren halb verdeckte Gesicht. Da sah er zu seiner Verblüffung, dass helle Tränen über ihre Wangen kullerten.

»Um Gottes willen«, stammelte er, »was ist jetzt mit dir los?«

»Die Musik«, schluchzte sie. »Ich kann doch nichts dafür…, diese Musik.«

Da stellte Kammermann die Kerze wieder zurück, rutschte näher zu ihr und legte seinen Arm behutsam um ihre dünnen, vom Weinen nun immer stärker geschüttelten Schultern.

10

Als Roman am Abend des 25. Oktober sein geräumiges Einfamilienhaus betrat, hatte er das untrügliche Gefühl, dass sich, seit er nach der Mittagspause zur Arbeit gegangen war, etwas verändert hatte. Die ganze Atmosphäre war unruhiger als sonst, ein merkwürdiger Geruch nach etwas Fremdartigem hing in der Luft und im normalerweise aufgeräumten Korridor schien eine gewisse Unordnung zu herrschen, die Roman vorerst nicht definieren konnte.

Erst nachdem er Hut und Mantel abgelegt hatte, sah er, dass Margret ihre Wanderjacke samt dem blauweiß getupften Foulard bloß auf die Truhe nahe der Garderobe geworfen hatte. Offenbar war sie beim Nachhausekommen in großer Eile gewesen. Daneben lag ein kleiner, grüner Pullover, den er noch nie gesehen hatte. Er hörte Margret in der Küche hantieren und da stimmte auch irgendetwas nicht, denn ab und zu gab sie lockende Laute von sich, so als würde sie zu einer Katze oder zu einem Hund sprechen. Roman schüttelte verwundert den Kopf.

Auf der Türschwelle zur Küche blieb er stehen wie vom Donner gerührt. Da saß ein kleiner, blonder Junge im Tripp-Trapp-Sesselchen, das einst Kevin gehört hatte, und patschte mit allen zehn Fingern im Teller herum, der vor ihm auf dem mit farbigen Holzkugeln verzierten Tablett stand. Margret saß daneben auf dem Küchentisch und versuchte offenbar, dem Kleinen beizubringen, mit dem Löffel zu essen.

»Wen haben wir denn da?«, fragte Roman verblüfft und blickte abwechslungsweise auf Margret und auf das fremde Kind.

»Das ist Roli«, erklärte Margret, die den Namen allerdings erst kurz vor Romans Heimkehr herausgefunden zu haben glaubte. Aus dem stereotypen »Loli«-Gestammel des Kindes war sie nämlich vorerst nicht klug geworden.

»Ja, und wem gehört dieser Roli?«, erkundigte sich Roman, indem er näher an das Sesselchen trat.

Spätestens seit sie nach Hause gekommen waren, hatte Margret gefühlt, dass sie sich für das unverhoffte Vorhandensein des Kindes unbedingt eine plausible Erklärung zurechtlegen sollte. Aber der Gedanke daran war ihr so zuwider gewesen, dass sie sich endlich damit getröstet hatte, ihr würde dann schon etwas einfallen, mit dem sie ihren Mann fürs Erste beruhigen könnte. Doch nun saß sie da wie der Frosch vor der Schlange und wusste vorerst nicht, wie sie Romans Frage beantworten sollte. Sie konzentrierte sich auf das Kind und fütterte es mit einem Löffel voll Käsehörnli, anschließend wischte sie ihm mit einem Zipfel des Donald-Duck-Lätzchens den Mund ab.

»Wem gehört das Kind?«, wiederholte Roman seine Frage.

Klein Roland hatte aufgehört zu kauen, stattdessen glotzte er Roman mit staunenden Kulleraugen und halb offenem Schnabel an. Margret begann von neuem mit dem Löffel zu hantieren.

»Wem gehört das Kind?«, fragte Roman zum dritten Mal, und seine Stimme klang schärfer als vorher. »Hast du die Stimme verloren, oder was ist los?«

»Roli ist ein wenig bei uns in den Ferien«, ließ sich Margret endlich vernehmen, »nur für ein paar Tage.«

»Ich habe nicht gefragt, was das Kind bei uns tut«, insistierte Roman, »ich möchte wissen, wem es gehört.«

»Niemandem«, hätte Margret beinahe gesagt. Doch dann

wagte sie den Versuch, ihrem Mann endlich eine vernünftige Erklärung abzugeben: »Roli gehört seiner Mutter, natürlich. Sie hat ihn mir ausgeliehen, sozusagen.«

Roman schüttelte abermals den Kopf. Er spürte, dass er zu dem Kind, das ihn noch immer anguckte, als wäre er Rübezahl persönlich, etwas hätte sagen sollen, aber ihm kam das alles so spanisch vor, dass er nicht einfach zur Tagesordnung übergehen konnte. Er setzte sich an den Küchentisch, der um diese Zeit normalerweise für das Nachtessen gedeckt gewesen wäre, legte das Kinn in die Hand des aufgestützten Arms und nahm Margret von neuem ins Visier, wobei er krampfhaft versuchte, ruhig zu bleiben.

»Du, hör einmal! Meines Wissens kennen wir niemanden mit einem Knopf in diesem Alter und weder vorgestern noch gestern noch irgendwann hast du auch nur einen Ton von einem Ferienkind verlauten lassen. Heute Mittag hast du bloß erwähnt, du würdest dich auf deinen Aaretrip begeben. Du bist allein weggegangen und mit diesem mir völlig fremden Kind zurückgekommen. Du wirst doch wohl einsehen, dass du mir nicht länger ein X für ein U vormachen kannst.«

Margret starrte zu Roman hinüber und in ihren graublauen Augen erschien so etwas wie Trotz. Sie hatte dauernd an sich gearbeitet und den ganzen Krampf mit den Klapsdoktoren mitgemacht, sie war mit den neuen Tabletten einverstanden gewesen, obgleich sie gesundheitliche Risiken in Kauf nehmen musste, und sie hatte notabene Kevin zur Welt gebracht, sie und niemand anderes; Kevin, den sie dann wieder hatte hergeben müssen. Sie hatte aus eigener Kraft die Aarewanderungen aufgenommen und sich alle erdenkliche Mühe gegeben, wieder ein normaler Mensch zu werden. Und ausgerechnet in diesem Augenblick, wo sie sich entschlossen hatte, eine neue Familie zu gründen und Mutter zu sein, kam dieser aufgeblasene Kerl von einem Ehemann angetanzt und verlangte irgendwelche hanebüchenen Rechtfertigungen von ihr.

»Ich muss meine Tabletten nehmen«, sagte sie und rutschte vom Küchentisch.

»Du sollst jetzt nicht deine beschissenen Tabletten nehmen«, brauste Roman auf, »sondern mir ausdeutschen, wo der verdammte Gof herkommt.«

»Das ist kein verdammter Gof, sondern ein lieber, kleiner Bub, und dieser Bub gehört mir, und dieser Bub bleibt hier.«

»So«, war alles, was Roman im Moment herausbrachte.

Margret hob das Kind, das inzwischen leise zu schniefen begonnen hatte, aus dem Sesselchen und wandte sich mit ihm der Treppe zu, die vom Korridor in den ersten Stock hinaufführte.

»Roli nid gränne, Roli Bettli ga«, flötete sie, »hüpp, hüpp.«

»Sie ist verrückt geworden«, dachte Roman, »jetzt ist sie endgültig hinüber.« Er erhob sich und guckte in der Küche umher. Ein Nachtessen stand offenbar nicht auf dem Programm, gekocht worden war bloß für diesen blonden Fratz, aber ihm war der Appetit ohnehin vergangen. Er ging in den Salon hinüber, trat an die antike Vitrine mit der Hausbar und schenkte sich einen doppelten Scotch ein. Zuerst wollte er nochmals in die Küche hinausgehen und einen tüchtigen Schluck Wasser dazugießen. Aber dann ließ er es bleiben, stattdessen plumpste er, schwer wie ein Mehlsack, in einen der schwarzen Ledersessel. Whisky pur, das war zur Stunde das einzig Richtige.

»Jetzt ist sie endgültig hinüber«, wiederholte Roman seinen Gedankengang. Die ganzen Therapien, die Medikamente und diese dreimal verfluchten neuen Tabletten hatten nicht geholfen, sondern im Gegenteil alles nur schlimmer gemacht. Und er Trottel, der er war, hatte im Ernst geglaubt, sie sei über den Berg, habe die Krisis überstanden. Dabei wetzte sie offenbar wie eine Irre durch die Gegend und schmiedete obskure Pläne. Dass das Kind nicht rechtmäßig ins Haus gekommen war, sah ein Blinder. Das hatte sie, verflucht noch mal, irgendwo gefunden oder jemandem abgehalftert. Aber wo gefunden? Sicher nicht in einem Papierkorb. Und wem gestohlen? Doch sicher nicht einer normalen Frau und Mutter.

Er nahm einen langen Schluck aus seinem Glas, dachte diesmal kurz an Eiswürfel, trank abermals und spann seine Ideen weiter:

Irgend so eine Mutterkuh hatte den Wagen samt Kind vor dem Coop oder der Migros stehen lassen und war einkaufen gegangen. Genau so hatte es sich zugetragen! Margret war zufälligerweise vorbeigekommen, hatte die Situation erfasst und schwupp das Kind an sich genommen. Das kannte man ja, solches las man alle naselang in der Zeitung. Bescheuerte Weiber, die andern Frauen die Gofen klauten. Margret war genau so ein verrücktes Huhn.

Auf der Treppe waren Schritte zu vernehmen, dann im Korridor. Margret trat in den Salon und setzte sich Roman gegenüber in den zweiten Ledersessel. Zwischen ihnen stand der Marmortisch mit dem geleerten Whiskyglas, das Roman eben im Begriff war nachzufüllen.

»Kann ich auch einen kriegen?«, fragte Margret in einem Ton, als ob nichts geschehen wäre.

Roman stand wortlos auf, holte ein zweites Glas aus der Vitrine und schenkte zwei Fingerbreit Whisky ein.

»Wasser?«, fragte er. »Eis?«

»Danke, weder noch.«

Dann saßen sie beide in ihrem stilvoll möblierten Salon und schwiegen sich an wie zu ihren schlimmsten Zeiten. Dabei hatte Roman alle Mühe, nicht zu explodieren. Doch war es Margret, die endlich Laut gab.

»Willst du nicht mehr mit mir sprechen?«

»Margret!«, war alles, was Roman schwer atmend herausdrückte.

»Ja, was ist los?«

»Margret, Himmeldonnerwetter! Was los sei, fragst du, was

los sei? Du kommst mit einem wildfremden Bengel nach Hause, verlierst kein Wort darüber, wer er ist, woher er kommt und warum er da ist, und dann spielst du noch die Ahnungslose und fragst mich, was los sei. Das ist einfach der Gipfel! Gib jetzt endlich Auskunft, was geschehen ist. Woher hast du das Kind?«

Margret trank Whisky und schwieg, dann stand sie auf, zündete das Spotlight an und beleuchtete so den weißen Lamellenvorhang, auf dem sich die überdimensionalen Schatten der davor stehenden Zimmerpflanzen abzeichneten. Dafür löschte sie die Deckenleuchte, deren silbernes Licht durch kristallene Glasperlen heruntergerieselt war.

»Ich will dir sagen, was passiert ist«, gab sich Roman selber die Antwort. »Du hast das Kind gestohlen.«

»Das traust du mir zu?«

»Das traue ich dir zu. Nach allem, was ich mit dir schon durchgemacht habe, traue ich dir das tatsächlich zu. Du hast das Kind gestohlen, gib es doch endlich zu.«

»Ja, und wenn schon?«

Roman war nahe daran, sein Whiskyglas an die Wand zu schmeißen, doch beherrschte er sich vorläufig noch.

»Margret, so geht das nicht. Du weißt offenbar gar nicht, was du tust, was du angestellt hast. Ich bin ja überglücklich, dass du wieder selbstständig, dass du wieder aktiv geworden bist, aber man kann auch alles übertreiben.«

»Ich habe den Buben gefunden«, ließ sich Margret endlich zu einer Erklärung herbei. »Zuerst habe ich freilich daran gedacht, ihn zur Polizei zu bringen. Aber wofür die gut ist, hat man ja mit Kevin erlebt. Darum habe ich beschlossen, Roli zu behalten.«

»Aha, du hast beschlossen, ihn zu behalten«, regte sich Roman auf. »Margret, was ist das für ein Seich? Dass es mit Kevin schief gegangen ist, hatte sicher nicht die Polizei zu verantworten. Du kannst doch nicht einfach ein Kind, das nicht dir gehört, so mir nichts, dir nichts abservieren. Wie ist das überhaupt vor sich gegangen? Hat der Bub allein am Aareufer im Gras gesessen wie ein Osterhase oder was?«

»Er ist mir entgegengelaufen.«

»Aha, er ist dir entgegengelaufen. Und von den Eltern hast du nichts gesehen, keine Mutti, nichts?«

»Nein«, log Margret.

Roman versuchte verzweifelt, die Nerven zu behalten.

»Margret, ich will dir sagen, was jetzt zu geschehen hat. Du telefonierst augenblicklich der Polizei und erzählst denen irgendetwas, bloß nicht, dass du ein Kind gestohlen hast, und dann wollen wir einen Strich unter die Rechnung machen.«

»Nein«, widersetzte sich Margret, »ich denke ja nicht daran. Das Kind bleibt hier und damit Punktum!«

»Das Kind wird null Komma plötzlich aus dem Haus geschafft und damit Punktum!«, brüllte Roman.

Vom oberen Stockwerk drang auf einmal ohrenzerreißendes Kindergeschrei herunter.

»Siehst du, es fängt schon an. Dem Kind geht es doch hier nicht gut. Das ist ja überhaupt alles völlig absurd, wahnsinnig ist das! Und wie willst du zurande kommen mit einem wildfremden Schreihals, Himmeldonnerwetter noch einmal?«

»Du hast ihn geweckt mit deinem primitiven Gebrüll, das ist alles.«

»Das ist mir scheißegal! Hau jetzt ab mit diesem gottverdammten Gof, hörst du?«

Margret trank ihren Whisky aus und schwieg.

Roman ließ sein ebenfalls leeres Glas auf den Tisch knallen.

»Okay, okay. Wenn du es nicht tust, dann werde ich eben den Bengel der Polizei übergeben.«

»Tu das nur«, trotzte Margret, »dann bin ich nicht mehr am Leben, wenn du zurückkommst.«

Roman sprang auf, sein Schatten zeichnete sich nun ebenfalls auf dem weißen Vorhang ab: ein riesiger, wild gestikulierender Irrwisch, der hin und her tanzte. Hätte er gewusst, dass Margret heute zum ersten Mal seit Kevins Tod in Tränen ausgebrochen war, hätte er sich wahrscheinlich anders verhalten.

»Bist du wahnsinnig geworden?«, tobte er. »Glaubst du, ich lasse mich erpressen? Himmelherrgottsternen, geh doch und häng dich auf oder tu, was du willst, aber vorher bringst du noch den Balg zurück! Was zum Teufel willst du mit diesem Buben, zu dem du nicht die geringste Beziehung hast? Abgesehen davon sieht er scheußlich aus, der reinste Haslizwerg. Dazu kommt, dass das alles gegen jedes Gesetz und gegen jedes Recht ist. Ich weigere mich, hörst du, ich weigere mich, noch länger mit dir zu diskutieren! Das Kind muss weg, je eher, desto besser. Es ist, verdammt und zugenäht, wahrscheinlich schon jetzt zu spät! Wie soll man der Schroterei erklären, dass ein Kind, das du am Nachmittag gefunden hast, noch immer bei uns ist?«

»Es weiß ja niemand, wann ich es gefunden habe.« Margret begann zu trällern: »Niemand weiß etwas, niemand, niemand … ach wie gut, dass niemand weiß, dass ich Rumpelstilzchen heiß.«

»Sie spinnt«, dachte Roman, »sie ist von allen guten Geistern verlassen.« Sein Versuch, trotzdem noch einmal an ihre Vernunft zu appellieren, gelang nur halbwegs, er konnte seine Stimme nicht mehr in eine normale Tonlage bringen, er musste brüllen:

»Niemand weiß etwas, glaubst du? Und die Mutter? Was ist mit der Mutter, he? Du glaubst doch wohl nicht im Ernst, dass die nicht in ein Zetermordiogeschrei ausgebrochen ist, sobald sie geschnallt hat, dass das Kind weg war. Die ist nicht einfach zur Tagesordnung übergegangen, das garantiere ich dir. Nicht alle Weiber sind so verrückt wie du.«

Oben schrie das Kind wie am Spieß. Nun sprang auch Margret aus ihrem Sessel.

»Verrückt, verrückt! Meinetwegen bin ich verrückt, total

verrückt.« Sie rannte aus dem Salon und zur Treppe im Korridor. Roman war in zwei, drei Sätzen bei ihr, fasste sie unsanft am Arm und zerrte sie zur Salontür zurück. Nun zitterte er am ganzen Leib, aus seinem Mund brach bloß noch ein unartikuliertes Gestammel aus sämtlichen Schimpfwörtern und Verwünschungen, auf die er sich besinnen konnte. Das Geheul im ersten Stock erfüllte das ganze Haus. Zu lange hatte es hier kein Kindergeschrei mehr gegeben, das Gebrüll, das in die noble Ruhe hineinschnitt, die hier normalerweise herrschte, hatte etwas Dämonisches an sich und auf einmal musste sich Roman fragen, ob das Kevin war, der hier schrie und seine Eltern suchte. Ob es Kevin war, der immer noch in diesem gottverfluchten, finsteren Wald festsaß, umgeben von den Tannenriesen und den Hexenarmen der Büsche, gefangen gehalten im Sumpf.

Roman schüttelte seine Frau, so als ob er auf seine Frage eine Antwort aus ihr herausrütteln könnte.

Von oben war auf einmal ein scheppperndes Geräusch zu hören und etwas plumpste zu Boden. Weiß der Teufel, was es gegeben hatte. Wahrscheinlich war das Kind aus dem Bett gefallen.

»Au! Du tust mir weh!«, schrie Margret. Sie riss sich los und rannte die Treppe hinauf. Roman wollte ihr nachsetzen, er wollte ihrer habhaft werden, gehauen oder gestochen, und sie ohrfeigen, links und rechts, immer wieder, bis sie zur Besinnung kommen würde. Doch auf einmal wurde ihm schwarz vor den Augen und er musste sich am Treppengeländer festhalten.

Oben war das Geschrei verstummt und in die entstandene Ruhe hinein perlte die Stimme Margrets, die irgendeinen Kinderreim summte.

Sobald der Schwindelanfall vorbei war, ließ Roman das Geländer los und wankte in den Salon zurück. Er musste sich zusammenreißen, verflucht noch mal! So durfte er nicht auf

Margret losgehen. Sie war krank. Wie hatte er das vergessen können? Sie war krank, krank, krank und er war dazu verdammt, ihr zu helfen. Sie mussten zueinander stehen, das hatten sie einmal geschworen, sie mussten zueinander stehen in guten und in schlechten Tagen. Seine Gedanken verhedderten sich. Zu ihr stehen im Guten und im Bösen, als ob er jemals etwas anderes getan hätte … Die Liebe höret nimmer auf … Aber was um Himmels willen sollte jetzt geschehen?

Roman ließ sich wieder in seinen Sessel fallen. Auf dem Kaminsims tickte die kleine, vergoldete Standpendule, ihre Hochzeitsuhr. Sonst herrschte auf einmal eine absolute, fürchterliche Stille. Auch aus dem ersten Stock drang kein einziger Ton mehr herunter. Das fremde Kind war wohl eingeschlafen, Margret ebenfalls. Kevin gab es nicht mehr, hatte es wahrscheinlich nie gegeben. Eine schwarze Wand des Schweigens stellte sich um Roman. Er fühlte sein Herz klopfen und sonst nichts. Sein verschleierter Blick streifte wie zufällig die beiden leeren Whiskygläser auf dem Marmortisch.

»Der verfluchte Whisky«, überlegte er. »Der verfluchte Alkohol! Ich bin ja total besoffen.«

11

»Ich bin ja total besoffen«, dachte auch Kammermann, als er sich bewusst wurde, dass er nicht nur die Graue im Arm hielt, sondern dass sie sich an ihn kuschelte und seine Hand hielt. So weit hatte es also kommen müssen. Da saßen sie wie zwei Sperlingspapageien auf dem Diwan und lauschten Chopins Musik, die Kammermann heute noch mehr zu Herzen ging als sonst. Aber er sträubte sich dagegen, für die Graue mehr zu empfinden als eine gewisse väterliche Verantwortung, an Sympathie oder gar Zuneigung wollte er nicht denken.

»Ich werde sentimental, ich alter Esel«, musste er sich eingestehen. Er nahm wieder einen Schluck Wein. Als die letzten Akkorde des Klavierkonzerts verrauscht waren, brach der musikalische Schutzwall zusammen und die Wirklichkeit trat wieder aus dem Dunkeln hervor. Kammermann löste sich von der Grauen und stand mit einem Ruck auf. Die hinter schummrigem Licht verborgenen Möbel drehten sich um ihn, bei einem Haar wäre er seitwärts auf den Salontisch gestürzt. Die Kerzen flackerten und für einen Augenblick meinte Kammermann, einer der Vorhänge bausche sich nach innen, so als ob sich ein heimlicher Zaungast dahinter verstecken würde.

»Besoffen«, murmelte Kammermann, »ich bin besoffen.«

»Was sagst du?«, erkundigte sich die Graue.

Der Ex-Wachtmeister war gerade noch nüchtern genug, um zu merken, dass sie ihn zum ersten Mal duzte, aber es war ihm gerade recht. Da er selber sie schon die längste Zeit mit Du anredete, hätte er ohnehin gelegentlich mit ihr Duzis machen müssen, was seiner Ansicht nach schon beinahe einem Antrag gleichgekommen wäre; jetzt kam er um diese Lästigkeit herum.

»Nichts«, gab er Bescheid, »will bloß noch etwas zu trinken holen.«

»Es steht ja noch Wein auf dem Tisch«, lachte die Graue, »ich würde zuerst mit dem vorlieb nehmen.«

»Reicht nicht«, behauptete Kammermann. Diesmal lief er Schlittschuh, um in die Küche zu gelangen. Auf einmal fühlte er einen jugendlichen Elan wie schon lange nicht mehr und er hatte bloß eine Heidenangst, es sei nicht mehr genug Wein im Haus, damit er seinen Alkoholpegel halten konnte. Hoffentlich blieb die Graue da. Was ihm noch vor ein paar Minuten als absolut verwerflich vorgekommen war, erschien ihm plötzlich gar nicht mehr so abwegig und er versuchte erfolglos, sich gegen den Gedanken zu wehren, ob er es riskieren sollte, die Graue ein wenig zu begrapschen.

Da der Wein tatsächlich ausgegangen war, grub er nach der verstaubten Vermouthflasche, die auf dem Boden des Küchenschrankes stand, dann glitt er in die Wohnstube zurück. Dort hatte sich nichts verändert, die Graue saß immer noch in ihrer Sofaecke und trank aus dem Glas, das sie sich inzwischen selber nachgefüllt hatte. Das Kerzenlicht waberte durch den Raum, und auch im Stereogerät blinkten zwei, drei geheimnisvolle Lämpchen. Kammermann ließ die Flasche auf den Tisch krachen, und nachdem er schon wieder beinahe gestolpert wäre, schlitterte er zur Wohnwand hinüber und begann in tief gelegenen Schubladen zu wühlen. Irgendwo mussten doch, zum Teufel, noch Schlagerplatten nisten. Der Chopin war ja gut und recht, aber jetzt brauchte es dringend Sirupmusik, gemütlich musste es werden, lauschig und schön. Dieses Wohnzimmer hatte so etwas verflucht Moralisches an sich, dass überhaupt keine pikante Stimmung aufkommen konnte. Allerdings hatte sich die unsittliche Anwandlung, die Kammermann vorher in der Küche gekitzelt hatte, verschämt verzogen und er wäre jetzt schon dankbar gewesen, wenn er seiner nächtlichen Besucherin wieder ein wenig den Arm hätte um die Schulter legen dürfen.

Da gähnte die Graue aus ihrer Ecke heraus und fragte, ob sie das Badezimmer benützen dürfe; sie sei müde wie ein Hund und möchte sich gelegentlich aufs Ohr hauen.

»Da hast du den Dreck«, dachte Kammermann und kam mit einem Schlag auf die Welt. »Arrivederci Hans, das war der letzte Tanz!« Wie hatte er bloß so blöd sein können, sich einzubilden, die Graue wäre nur im Entferntesten zum Schmusen mit ihm aufgelegt?

»Mach nur«, knurrte er und wies mit dem Kopf zum Korridor, wo sich auch die Badezimmertür befand. »Ein Handtuch findest du im Schrank unter dem Lavabo.«

Während die Graue ihre schlaksigen Glieder einsammelte und sich ins Bad verfügte, zündete er die bleichsüchtige Ständerlampe an und blies die Kerzen aus. Die verglimmenden Dochte rauchten wie kleine Schornsteine und verbreiteten penetranten Wachsduft. Mit einer ungestümen Bewegung schob Kammermann einen Vorhang zur Seite und öffnete das Fenster, hinter dem eine von ein paar gläsernen Sternen durchsetzte Oktobernacht stand.

Im Badezimmer draußen hörte er die Graue rumoren. Als sie die Dusche in Betrieb setzte, gab es irgendwo in der Leitung ein aufdringliches, röhrendes Geräusch, das immer dann zu entstehen pflegte, wenn der Kaltwasserhahn in einer bestimmten Position belassen wurde.

»Scheiße«, dachte Kammermann, der von einer Minute auf die andere wie ein Fremdkörper in seiner eigenen Wohnung stand. »Wozu will sie überhaupt hier bleiben? Wenn's ihr bloß ums Übernachten geht, kann sie das von mir aus ruhig an einem andern Ort tun.« Er versetzte der halb offenen Plattenschublade einen Tritt, dann bedachte er die Vermouthflasche, aus der er mit Sicherheit nicht mehr trinken würde, mit einem grimmigen Blick.

Gerade als er mit den leeren Weingläsern zur Küche hinausrutschte, öffnete sich die Türe zum Bad, zuerst nur spaltbreit und dann vollständig, und die Graue stolzierte splitternackt an ihm vorbei und begab sich mit der größten Selbstverständlichkeit ins Schlafzimmer, so als ob sie schon immer hier gewohnt hätte und sie einander seit Jahren kennen würden.

»Kommst du auch?«, trällerte sie aus der Dunkelheit und Kammermann hörte, wie sie irgendwelche Decken und Kissen lüftete.

Zuerst stand er da wie die Kuh, wenn's donnert. Dann dachte er daran, dass sie mit mehr Busen ausgerüstet war, als er angenommen hatte. Anschließend glitschte er in die Wohnstube zurück, griff nach der Vermouthflasche und goss sich einen tüchtigen Schluck hinter die Binde. Der Alkohol strömte sanft durch seine Eingeweide, wärmte seine Magengrube und anderes und erregte ihn von neuem.

»Also doch«, räsonierte er für sich, »also doch! Die will es wissen, und ich werde es ihr zeigen, potz wüeschti Wulche!«

»He!«, rief die Graue. »Mir ist kalt. Kommst du oder hast du Wurzeln geschlagen?«

»Duschen«, besann sich Kammermann, »ich muss unbedingt duschen«, und ohne der Grauen zu antworten, schlüpfte er ins Bad.

Als er nach einer Weile mit noch halb nassen Füßen wieder heraustapste, umfächelte ihn eine Wolke von Aftershave und Deodorant. Der raue Stoff des braun karierten Morgenmantels kratzte seinen nackten Körper, auf einmal kam es ihm vor, als hätte er überall Haare. Er schlich ins Schlafzimmer, und der Lichtstreifen aus dem Korridor, den er vorher noch halb verdeckt hatte, fiel akkurat auf die Graue. Sie lag, bis auf

Bauchnabelhöhe zugedeckt, in seinem schönen Einmannbett und schnurrte ihm anregend entgegen.

Kammermann schwebte auf Wolken und die Romanze aus Chopins Klavierkonzert klang in ihm nach mit tausend Stimmen; da hatte er also einen Zipfel Glückseligkeit erhascht, und an dem hielt er sich fest, um ja nicht abzustürzen. Die einschlägigen Geschichten, in denen ältliche, liebestoll gewordene Infarktpatienten sich im Bett überforderten und im klassischen Augenblick abkratzten, grüßten aus weiter Ferne.

Doch dann hatte er auf einmal Hemmungen, sich nackt auszuziehen. Aber sich im Bademantel neben die Graue zu legen wäre noch unmöglicher gewesen. Er öffnete den Kleiderschrank und angelte unter all den ekelhaft weißen Slips nach dem einzig vorhandenen hellblauen, in den er mit hüpfenden Bewegungen hineinzustolpern versuchte, und verhedderte sich dabei in diesem drei Mal verfluchten Morgenmantel.

Die Graue, die ihn die ganze Zeit beobachtet hatte, gickelte verhalten, schob die Decke ganz hinunter und streckte ihm den nackten Bauch entgegen.

»Du sollst dich ausziehen und nicht anziehen«, spottete sie. »Hast du Kummer, dass ich zu viel sehen könnte? Oder gibt es am Ende gar nichts zu sehen, und ich habe mich umsonst gefreut?«

Kammermann, der es endlich fertig gebracht hatte, aus dem leidigen Morgenrock zu schlüpfen, turnte zuerst ums Bett wie ein tanzender Derwisch und landete dann endlich mit einem halbbatzigen Hechtsprung neben der Grauen, die ihren dünnen Arm um ihn legte und ihn an seinen weißen Brusthaaren zupfte.

Kammermann war scharf wie ein Rasiermesser, aber ausgerechnet jetzt, wo er es endlich mit der Grauen treiben wollte, ging bei ihm gar nichts mehr, und er musste das Handtuch werfen. Bis heute hatte er immer geglaubt, das Debakel seines Lebens mit dem Herzinfarkt vor drei Jahren erlitten zu haben;

was aber jetzt hier geschah oder vielmehr nicht geschah, dünkte ihn der Gipfel aller Katastrophen. Arrivederci Hans! Der verfluchte Alkohol hatte wahrscheinlich noch das seinige dazugetan. Die Peinlichkeit, in die Kammermann hineingeraten war, hatte keine Grenzen und er hätte jetzt viel darum gegeben, allein zu sein.

Die Graue, die über seine Schlappschwänzigkeit bald einmal Bescheid wusste, machte sich höchstens über seine gestammelten Entschuldigungen lustig, daneben blieb sie gelassen.

»Relax«, tröstete sie, »nur Geduld, das bringen wir zusammen schon noch fertig.«

Kammermann rappelte sich auf und stieg aus dem unseligen Kahn. Unter seinen Füßen schien der Boden zu wanken und über seinen Körper fuhr der diesige Hauch des ausgekühlten Schlafzimmers.

»Bleib du nur hier«, knurrte er, als die Graue ebenfalls Anstalten traf, sich zu erheben. »Ich gehe hinüber aufs Ruhbett.«

Das sei ihr auch recht, gab sie Bescheid und stippte mit dem Fuß gegen seinen Bauch. Er solle sich nur schön ausruhen, dann könne man in der Frühe nochmals probieren.

»Nur das nicht«, dachte Kammermann und tappte ins Wohnzimmer hinüber. Er kam sich so zusammengeschrumpft vor wie eine leere Knirpshülle. Vom ganzen Rausch waren ihm gerade noch das öde Gefühl im Magen und der pelzige Geschmack auf der Zunge geblieben. Arrivederci!

»Hart ist der Zahn der Bisamratte, doch härter ist die Morgenlatte«, rief ihm die Graue nach. Dann rollte sie sich kichernd zur Seite und zog das Deckbett über ihren bloßen Hintern.

12

Seit den ersten Tagen nach Kevins Tod hatte Roman keine völlig schlaflose Nacht mehr verbracht; jetzt allerdings war es wieder so weit. In der Nacht zum 26. Oktober tat er kein Auge zu. Vom Moment an, wo er sich entschlossen hatte, keinen Whisky mehr anzurühren, ging er im Salon hin und her, von der Vitrine um die Polstergruppe herum zur gartenseitigen Fensterfront und wieder zurück.

Im Haus war es im Augenblick ruhig, die Pseudomutter und ihr Pflegesohn, oder wie man den kleinen Wicht auch immer nennen wollte, waren offenbar beide eingeschlafen. Margret hatte zweifellos von ihrem Hypnotikum geschluckt, bis sie halb tot ins Bett fiel; wer weiß, vielleicht hatte sie auch das Kind mit einer ihrer verdammten Tabletten betäubt.

Wenn es Roman früher ab und zu einmal gelungen war, beim Hinundhergehen auch seine Gedanken in Bewegung zu bringen und mental weiterzukommen, so hatte er heute damit keinen Erfolg. In seinem Kopf war bloß ein einzige Szene haften geblieben: das Bild des über das Lätzchen sabbernden Buben im Tripp-Trapp. Er konnte jetzt nicht einmal mehr so weit denken, um sich zu fragen, was um Himmels willen er mit Margret und dem gestohlenen Kind beginnen und wie er morgen bei all dem Ungemach überhaupt zur Arbeit gehen sollte.

Er ging hin und her, vom Teppich übers Parkett, von der Vitrine zum Fenster und wieder zurück. Das Licht hatte er längst gelöscht, er kannte seinen Tritt auswendig. Er durfte nicht anhalten, denn wäre er stillgestanden oder hätte er sich gar hingesetzt, so wäre die Erkenntnis seiner katastrophalen Lage wie ein Wasserfall über ihn hereingestürzt.

Er ging hin und her wie das Raubtier im Käfig. Jedes Mal, wenn er zum Fenster kam, blickte er kurz hinaus, dort prallte sein Blick immer vom Gleichen ab: vom verdorrten Blumenbeet, das den Rasen hufeisenförmig umgab, vom im Boden eingemauerten Gerüst von Kevins Schaukel, von zwei fast kahlen Apfelbäumchen und endlich vom kleinen Geräteschuppen und von dem Zaun mit dem Buschwerk, der die dahinter verlaufende Nebenstraße notdürftig verdeckte.

Er ging hin und her, und als er zum x-ten Mal beim Fenster anlangte, kam es ihm vor, als wäre draußen etwas anders als sonst. Sein stumpfer Blick erkannte zwar keine Veränderung, es war eher ein bedrohliches Gefühl, das sich seiner bemächtigte. Für einen Augenblick dünkte es ihn sogar, die Gefahr lauere nicht draußen im Garten, sondern stünde direkt hinter ihm im dunklen Salon. Aber als er sich rasch umwandte, sah er bloß die schattenhaften Umrisse der ihm vertrauten Gegenstände und sonst nichts. Doch wenn er es sich richtig überlegte – und das war seit langem sein erster Gedanke, der neben der Tripp-Trapp-Szene Platz hatte –, dann wartete die Gefahr nicht draußen, sondern im Hause, im oberen Stockwerk, dort, wo sich der grässliche Bub und die Kindsräuberin befanden.

Er ging zur Vitrine, kehrte um, ging über den Teppich, ging um die Polstermöbel herum, ging übers Parkett zum Fenster und schaute hinaus. Dort war alles wie immer. Er wollte sich schon wieder umdrehen, da warf er noch einmal einen Blick in den Garten und diesmal sah er etwas.

Das heißt, er sah bloß das, was er schon vorher gesehen, aber nicht richtig wahrgenommen hatte: Hinter dem überwachsenen Zaun befand sich ein Busch, der offenbar neu dazugekommen war. Dort stand eine reglose Gestalt, und soweit er ausmachen konnte, handelte es sich um einen Mann, der direkt gegen das Haus blickte.

Roman zog sich eilig in die Dunkelheit des Salons zurück. Jetzt war er froh, dass er vorher das Licht gelöscht hatte, so konnte der Mann wohl das Haus beobachten, aber kaum feststellen, ob jemand zu Hause war oder nicht. Allerdings gab ihm sein Vorstellungsvermögen nur vage Auskunft, ob er selber, hinter dem Fenster eines finsteren Raumes stehend, vom Beobachter draußen nicht doch gesehen werden konnte.

Das Tripp-Trapp-Bild war aus Romans Kopf verschwunden, dafür konzentrierten sich seine Gedanken auf die neue Situation. Margret und das Kind waren vergessen, jetzt ging es nur noch um den Kerl, der draußen stand. Wer war er, was tat er dort, was wollte er?

Roman trat wieder in die Nähe des Fensters und blickte vorsichtig hinaus. Der Mann stand immer noch dort. Da er sich mittlerweile etwas nach rechts bewegt hatte, war er nun fast zur Hälfte von einem der dort wuchernden Sträucher verdeckt.

Was wollte der Mann? Plante er einen Einbruch oder war es bloß ein nächtlicher Spaziergänger, der aus irgendeinem Grunde Interesse am Haus oder an dessen Garten zeigte? Kaum, da stimmte doch etwas nicht. Margret und das Kind schoben sich wieder in Romans Gedankengang. Da mussten Zusammenhänge bestehen. War Margret beobachtet worden, als sie den Buben an sich genommen hatte? Wurde sie bereits beschattet? War das dort draußen ein Polizist oder sonst jemand, der sich der Angelegenheit um das entführte Kind angenommen hatte? War es der Vater?

Romans Herz klopfte. Am liebsten hätte er das Fenster geöffnet, den nächtlichen Zaungast angehauen und zur Rede gestellt. Aber der Kerl stand außerhalb des privaten Grundstückes und im Prinzip konnte er dort stehen bleiben, so lange er wollte. Überdies hatte Roman nicht den geringsten Fiduz, die

Aufmerksamkeit auf sich zu lenken. Einen kurzen Moment lang hatte er die abstruse Idee, die Polizei zu alarmieren. Aber dann musste er über sich selber den Kopf schütteln. Hatte er nicht vor Minuten noch befürchtet, der Mann draußen könnte ein Polizist sein?

Er hatte seine Zimmerwanderung wieder aufgenommen, wobei er darauf achtete, nicht zu nahe zum Fenster zu treten. Irgendwann schlug die Hochzeitsuhr auf dem Kaminsims Mitternacht. Ihr silberner Glockenton schwang für einige Sekunden nach, dann war bloß noch das ewig gleiche, unabänderliche Ticken zu vernehmen. Roman dachte kurz daran, sich zu Bett zu begeben. Aber im oberen Stockwerk hatte er nichts zu suchen, das war meilenweit entfernt und gehörte nicht mehr ihm. Dort hausten Margret, ihr Wichtel und andere Gespenster.

So schlich die Nacht dahin, und weil die umherstehenden Möbelstücke immer schwärzer wurden, waren sie auf der farblosen Bühne des Raumes deutlich zu erkennen. Roman ging hin und her, vom Teppich übers Parkett, von der Vitrine um die Polstergruppe herum zum Fenster und wieder zurück. Als er einmal in das Grau des Gartens hinausblickte, merkte er, dass der Mann sich verdrückt hatte. Vielleicht bewachte er jetzt die Rückseite des Hauses. Wahrscheinlich war er aber weggegangen, möglicherweise hatte er gar nie existiert und Roman war einem Hirngespinst zum Opfer gefallen.

Auch aus seinem Kopf war der Mann verschwunden. Dafür hatte sich das Tripp-Trapp-Bild wieder eingenistet. Roman wünschte beinahe, der Salon möchte in Flammen aufgehen oder das Haus über ihm zusammenstürzen, damit er auf andere Gedanken käme. Er ging hin und her, hin und her, von der Vitrine zum Fenster ... Es schlug ein Uhr, halb zwei, zwei Uhr, nun ohne Widerhall in der langsam gerinnenden Nacht.

Als der anbrechende Tag seine Fratze zum Fenster hereinstreckte, hatte Roman weder eine Sekunde geschlafen, noch war er zu einem Entschluss gekommen, was zu unternehmen sei. Er wusste bloß, dass gegen außen alles so aussehen musste wie immer und dass er daher auch heute zur Arbeit gehen würde. Wie er allerdings den heutigen Buchhaltertag verkraften sollte, war ihm schleierhaft.

Während er sich im grellen Spiegellicht des Badezimmers frisch machte, hub im oberen Stock das Kind wieder zu schreien an. Roman fröstelte. Die Wohnung war ausgekühlt und alles Gespenstische aus ihr gewichen. Angesichts des Tageslichtes, das von draußen hereindrang und sämtlichen Möbeln und Gegenständen wieder das gängige Aussehen zurückgab, wusste er plötzlich, dass alles ganz einfach war. Er würde jetzt ganz normal zur Arbeit gehen und dann unter dem Vorwand, einer auswärtigen Sitzung beiwohnen zu müssen, ins Haus zurückkehren, das Kind holen und bei der Polizei abgeben. Eine Erklärung, warum er das erst heute machte, würde sich finden lassen. Margret mochte tun wie die Katze am Draht, er würde sich weder durch ihre zu erwartenden hysterischen Ausbrüche noch durch ihre Selbstmorddrohungen irritieren lassen und das tun, was eben getan werden musste.

13

Im Laufe des gleichen Abends, da Margret sich mit dem Kind und mit Roman herumschlug, trat im Restaurant »Hüsi« ein alter Bekannter auf: Sam gab sich die Ehre, Sam der Boxer, Sam der Kidnapper. Er setzte sich in seine Stammecke, die zum Glück noch unbesetzt war, und bestellte eine Stange. Über seinem schmuddeligen Sweatshirt trug er heute eine abgewetzte Bomberjacke, hinter seinem rechten Ohr steckte eine Zigarette. Er wartete hier auf seinen Kumpel, auf den Seehund, den er unvermutet zu einem dringenden Gipfeltreffen aufgeboten hatte.

Sam blickte ungeduldig auf seine Sportuhr; er liebte es nicht zu warten. Viel angenehmer war ihm, wenn man auf ihn wartete. Als der atemlose Seehund endlich aufkreuzte, blies Sam eben in den Schaum des zweiten Bieres.

»Ich habe schon gedacht, du würdest überhaupt nicht mehr anrücken«, polterte er. »Glaubst du eigentlich, ich hätte nichts Gescheiteres zu tun, als mir wegen dir den Arsch anfrieren zu lassen?«

»Mir auch eine Stange«, rief Kurt der Serviertochter zu, bevor er sich setzte.

»Sorry, Sam«, redete er sich heraus. »Eben als ich aufbrechen wollte, erhielt ich noch einen dringenden Anruf, ich konnte nicht einfach weglaufen.«

»Wozu hast du dann dein verdammtes Handy?«

»Wichtige Dinge verhandle ich grundsätzlich nicht am Handy.«

»Was wird das schon Wichtiges gewesen sein?«, höhnte Sam. »Hat deine Großtante das Zeitliche gesegnet oder was?«

»Quatsch«, gab Kurt Bescheid, »die lebt schon lange nicht mehr.«

»So, und was ist mit deiner Großtante im Burgerspittel?«

»Eben, die lebt nicht mehr.«

»Du hast mir doch erzählt, du hättest dort eine Großtante.«

»Quatsch, sage ich. Ich habe keine Großtante mehr, ich hatte eine.«

Kurt drückte die halb gerauchte Zigarette aus und klaubte eine neue aus dem Camel-Päckchen, das neben dem silbernen Feuerzeug vor ihm auf dem Tisch lag. Er zündete die Zigarette an, dann trank er einen zünftigen Schluck vom Bier, das ihm mittlerweile gebracht worden war. Er verschluckte sich und musste husten, der Schaum tropfte an seinem Schnauz hinunter.

»Rauchen kannst du wie ein Großer, aber vom Saufen hast du keine Ahnung«, spottete Sam.

»Halt den Latz«, japste Kurt, »wenn du mich bloß anseichen willst, kann ich wieder gehen.«

»Dann lebt deine Großtante also nicht mehr«, leierte Sam weiter. »Dabei hast du die doch ausnehmen wollen. Das war doch dein grandioser Tipp; deine alte Tante im Burgerspittel, der wolltest du doch ein Kissen auf die Gurke drücken.«

»Nicht meiner Tante«, ärgerte sich Kurt, »irgendeiner Tante.«

»Ja so. Aber es war dein Tipp. Goldstrümpfe hast du doch holen wollen.«

»Richtig, aber du hast mich ja ausgepfiffen. Dafür bist du mit deinem hirnverbrannten Kidnapping gekommen.«

»He, nicht so laut«, zischte Sam. Er wollte eine weitere

Stange bestellen, aber dann besann er sich anders. »Kaffee-crème!«, bellte er.

»Bist du krank?«, erkundigte sich Kurt und blickte den andern verwundert an.

»Muss einen klaren Kopf behalten«, erklärte Sam. »Und du musst auch einen klaren Kopf behalten. Ich habe dich nämlich nicht aufgeboten, um den ganzen Abend Blech zu schwatzen.«

»Da bin ich aber gespannt.« Kurt zündete sich bereits die dritte Zigarette an und blies den Qualm an Sam vorbei in das ohnehin schon vorhandene Rauchgewölk der Gaststube, die platschvoll war. Nur der Tisch beim Eingang, an dem Kammermann mit der Grauen gesessen hatte, war noch frei.

»Apropos Tipp«, tat Sam geheimnisvoll und senkte seine Stimme zu einem Flüstern. »Ich habe nämlich einen.«

»Was du nicht sagst.« Kurt flüsterte ebenfalls.

»Und apropos Kidnapping...«

»Jetzt kommt der doch tatsächlich wieder mit diesem Schmarren.«

»Und apropos Kidnapping, genau in diese Richtung läuft vielleicht der Hase, mein liebes Kurtchen.«

»Lass deinen beschissenen Hasen laufen, wohin er will, aber ohne mich. Mit Kinderklau habe ich nichts am Hut.«

Nun rief Sam doch wieder nach einem Bier.

»Kinderklau? Habe ich Kinderklau gesagt?«

»Du hast gesagt, dass es in diese Richtung läuft.«

»Vielleicht, habe ich gesagt, vielleicht läuft es in diese Richtung. Aber ich sehe schon, du bist nicht interessiert. Ich mache es allein.« Sam nahm die Zigarette hinter dem Ohr hervor, betrachtete sie nachdenklich und steckte sie wieder zurück.

»Was machst du allein?«

»Schluss, habe ich gesagt.«

»Sam, was machst du ...«

»Schluss!« Auf einmal brüllte Sam so laut, dass einige Gäste neugierig die Köpfe drehten. Er genehmigte sich einen Schluck von der neuen Stange und schaltete seine Stimme wieder auf Normalton.

»Geh nach Hause, Kurtchen, hau ab. Heute bezahle ich dein Bier. Verpiss dich.«

Doch Kurt schickte sich noch nicht an, das Feld zu räumen. Dafür wechselte er zur nächsten Camel und tat einen tiefen Zug.

»So geht das nicht, Sam«, rebellierte er und versuchte das Zittern in seiner Stimme zu unterdrücken. »So lasse ich mich nicht kaltstellen, nicht von dir.«

»Hört, hört. Kurtchen meutert.«

»Exakt, ich meutere dagegen, dass du mich behandelst wie den letzten Dreck, und zwar nicht erst seit heute. Ich bin gerade gut genug, mir dein ewiges Gejammer anzuhören und dir das Saufen zu bezahlen.«

»Ich habe ja gesagt, dass ich dein Bier bezahle. Was willst du noch mehr?«

»Ich will, dass du mir erzählst, was du vorhast.«

»Und wenn ich nicht will?«

Kurt wandte den Kopf, sah sich in der Beiz um, dann senkte er seine Stimme erneut zu einem Flüstern.

»Du hast bereits zu viel erzählt, Sam. Das schöne Wörtchen Kidnapping hättest du besser für dich behalten.«

»Wieso?«, fragte Sam. Er war so überrumpelt, dass er erneut nach der Zigarette hinter dem Ohr griff, aber er zündete sie noch immer nicht an.

»Angenommen, Sam, du hast vorhin nicht geflunkert mit deinem Kidnapping. Angenommen, irgendwann in nächster Zeit hört man läuten, es sei ein Gof entführt worden. Angenommen, die Schroterei bittet die Bevölkerung um so genannte sachdienliche Hinweise und setzt möglicherweise sogar eine Belohnung aus. Wer, Sam, wer kann dann vielleicht der Polizei einen Wink geben?«

Mit Kurts Feuerzeug setzte Sam seine Zigarette endlich in Brand.

»Du bist nicht so dumm, wie ich geglaubt habe«, konstatierte er nach längerer Überlegung. »Aber du bist noch lange nicht clever genug, um mich zu leimen. Ich habe vor, ein Ding zu drehen, das ist richtig. Aber das mit dem Kidnapping war ein Witz, da habe ich dich hereingelegt, verstehst du, glatt hereingelegt.«

»Gut, dann gib endlich Auskunft, was du wirklich vorhast.«

»Ich denke ja nicht daran.«

»Dann werde ich dich eben doch leimen, Sam, ob ich blöd bin oder nicht.« Obwohl er bloß flüsterte, klang seine Stimme auf einmal gereizt und aggressiv. »Was glaubst du, wie die Polizei reagieren wird, wenn sie schon jetzt durch einen anonymen Brief erfährt, dass der große Sam eine Entführung vorhat? Du mit deinem Strafregister, Sam! Überleg einmal. Die werden nicht auf den Lorbeeren ausruhen, Sam, die werden auf dich loskommen, die werden dich beschatten bis zum Gehtnichtmehr, und wenn dir weiter auch nichts passiert, so wird es zumindest lästig sein, es wird dich langsam zur Sau machen.«

Aus schmalen Augenschlitzen starrte Sam den andern an, seine Bulldoggenrunzeln auf der niedrigen Stirn hatten sich zusammengezogen, ab und zu glomm seine Zigarettenspitze auf. Nun bliesen sie einander den Rauch gegenseitig in die Visage.

»Okay, Kurtchen«, presste Sam endlich heraus, und es war ihm anzumerken, dass er vor Ärger am liebsten an die Decke gesprungen wäre. »Okay, ich habe es mir anders überlegt. Nicht etwa, weil du clever bist, Gott bewahre, sondern weil ich im Gegensatz zu dir eben ein fairer Typ bin. Darum werde ich dich an meiner Idee teilhaben lassen. Ob es dann tatsächlich zu einer Zusammenarbeit kommt, ist vorläufig noch in den Sternen geschrieben.«

Während Sam noch immer fast platzte vor verhaltener Wut,

platzte der Seehund beinahe vor Stolz: Er hatte richtig gepokert. Dabei war es ihm gar nicht so sehr darum gegangen, in Sams Pläne eingeweiht zu werden, die interessierten ihn nur mäßig. Vielmehr lebte er wohl daran, dass es ihm endlich gelungen war, den großschnauzigen Sam, den Supergangster Sam nach allen Regeln der Kunst auszutricksen.

Er melkte mehrmals die hängenden Spitzen seines Schnauzes und blickte den vorläufig gebodigten Kumpel erwartungsvoll an.

Sam drückte seine Zigarette im übervollen Aschenbecher aus, schob sein halb ausgetrunkenes Glas zur Seite und lehnte sich vor.

»Also«, raunte er, »hör zu. Du hast wahrscheinlich nicht schlecht gestaunt, als ich heute Nachmittag plötzlich davongelaufen bin.«

»Das stimmt. Du hast deinen Ramsch zusammengepackt und bist davongestiefelt wie der lötige Teufel.«

»Ich fixiere beim Angeln eben nicht stur und dumm die Schnur und das Wasser so wie du. Ich schaue ab und zu über die Schulter, weil ich wissen will, was in meinem Rücken geschieht. Darum habe ich etwas gesehen, das du überhaupt nicht mitbekommen hast.«

»Was denn?«, wunderte sich Kurt.

»Die Frau mit dem Kind«, erklärte Sam.

»Die habe ich zufälligerweise auch gesehen.«

»Was du nicht sagst. Und sonst hast du nichts gesehen?«

»Was hätte ich schon sehen sollen?«

Sam langte erneut nach dem Bierglas, trank es aus und drehte seine Bulldoggenfresse nach der hinter dem Buffet hantierenden Serviertochter.

»Noch eine Stange«, kommandierte er und deutete zugleich auf Kurt. »Für den da auch noch eine.«

»Schönen Dank, Sam. Also, was hätte ich außer der Frau und dem Kind noch sehen sollen?«

»Das ist eben der Unterschied zwischen dir und mir«, brüstete sich Sam, der die vorher erlittene Niederlage noch nicht verdaut hatte. Es war höchste Zeit, dass er wieder Oberwasser bekam. »Du gehst so ziemlich mit geschlossenen Augen durch die Welt, und wenn du ausnahmsweise etwas siehst, dann nur gerade das, was direkt vor dir abgeht. Ich hingegen blicke nicht nur geradeaus, sondern ich blicke um jede Ecke und um jeden Rank und dann kombiniere ich.«

Kurt klaubte die letzte Zigarette hervor und warf die leere Schachtel ärgerlich auf den Tisch.

»Interessant«, schnaubte er.

»Ja, interessant«, bestätigte Sam. »Du hast die Frau mit dem Kind gesehen. Und die andere Frau, hast du die auch gesehen?«

»Welche andere Frau?«

»Da hast du es. Du siehst nichts, du Trottel. Da war nämlich noch eine andere Frau.«

»Ja, und?«

»Da war noch eine andere Frau mit einem Kind. Das heißt, das Kind war das gleiche, nur die Frau war eine andere, und genau dort liegt der Hund begraben, verstehst du?«

»Nein, das verstehe ich nicht.«

»Eben verstehst du nichts. Diese Frau heute hat doch das Kind in die Arme genommen und ist mit ihm Hals über Kopf verschwunden, oder?«

»Ja, und?«

»Wo ist das Kind hergekommen?«

»Das weiß ich doch nicht.«

»Eben. Wahrscheinlich hast du das Kind überhaupt nicht gesehen.«

»Mach mich doch nicht wimmelsinnig mit diesem blöden Gof! Was soll das Ganze?«, ärgerte sich Kurt und erhob sich, um aus dem Automaten beim Eingang neue Zigaretten zu holen.

»Also, ich will dir erzählen, was das Ganze soll und was ich in den letzten Tagen beim Fischen so ganz nebenbei beobachtet habe«, erklärte Sam, sobald Kurt wieder Platz genommen hatte. »Da tauchte doch fast täglich diese grauhaarige Ziege mit dem Kinderwagen auf, oder? Das Kind saß selten oder nie im Wagen, das musste immer hinterherlatschen und wurde von seiner Alten dauernd zusammengeschissen, ich habe keine Ahnung, warum. Und da war nochmals so ein Weibsstück, ein mehrbesseres würde ich meinen, und das ist auch immer auf dem Uferweg herumgestorzt. Manchmal ist es stehen geblieben und hat Löcher in die Luft geglotzt, manchmal hat es etwas vor sich hin gelabert. Eine Spinnerin, irgendwie. Und die hat das Kind genommen, verstehst du. Der Gof ist seiner Alten davongelaufen und die andere hat ihn mitgenommen. Und ich, der eben nicht mit dem zufrieden ist, was sich vor seiner Nase abspielt, bin der Frau mit dem Kind nachgegangen, bis ich herausgefunden habe, wohin die beiden verschwunden sind. Und wohin sind die beiden verschwunden, he? In eine Villa am Bärschwendiweg in Zollikofen sind sie verschwunden. Und wenn da auch nur etwas mit rechten Dingen zu- und hergegangen ist, dann will ich Meier heißen. Die Frau hat sich nämlich ständig umgeschaut, abgesehen davon ging sie ab wie die Feuerwehr. Die hat doch den Balg gestohlen und die Einzigen, die das wissen, sind wir. Und ich will grad noch einmal Meier heißen, wenn wir daraus nicht Kapital schlagen können, großes Kapital, hörst du?« Sam schlug sich vor Begeisterung auf die Oberschenkel und blickte triumphierend um sich, so als hätte die ganze Gaststube zugehört. Seinen Missmut über Kurt schien er vergessen zu haben.

Kurt selber drückte die halb gerauchte Zigarette aus und betrachtete Sam mit einem lauernden Blick von unten herauf.

»An der ganzen Chose kann etwas sein«, nickte er. »Kaum bist du nämlich weg gewesen, ist die Grauhaarige völlig aufgelöst mit dem leeren Kinderwagen angeseckelt gekommen und hat sich erkundigt, ob ich ihr Bubi gesehen hätte.«

»Und das sagst du erst jetzt, du Hornochse«, regte sich Sam auf.

»Du hast mich auch nicht gefragt. Ich konnte wirklich nicht ahnen, dass es da Zusammenhänge gibt.«

»Das sage ich ja die ganze Zeit, du siehst die Zusammenhänge nicht.«

»Doch, jetzt sehe ich sie und ich muss zugeben, dass das Ganze kein Schnuder ist.«

»Nein, das ist es in der Tat nicht. Diese Bonzen werden wir ausnehmen, bis sie mit dem nackten Arsch im Regen stehen, da kannst du Gift drauf nehmen.«

»Wieso Bonzen?«, erkundigte sich Kurt.

»Ich habe natürlich bereits nachgeschaut, wer dort wohnt.«

»Aha.«

»Bühler heißt das Pack. Er ist diplomierter Buchhalter, das habe ich in der nächsten Telefonkabine festgestellt. Der verdient sich sicher dumm und dämlich.«

Kurt musste sich eingestehen, dass es Sam faustdick hinter den Ohren hatte.

»Jetzt bezahle ich einen Schnaps«, rief er. Auf einmal war er bester Laune, umso mehr, weil er merkte, dass er dem großen Sam, diesem Wundertier, vielleicht nochmals eins auswischen konnte.

»Ich möchte dich etwas fragen, Sam«, navigierte er vorsichtig. »Du darfst aber nicht wild werden.«

»Bin ich schon jemals wild geworden?«

»Wie man's nimmt.«

»Also, schieß los.«

»Du sagst, die Bühlers wohnen dort.«

»Richtig.«

»Und die wohnen immer noch dort?«

»Natürlich wohnen die noch dort.«

»Woher willst du das wissen?«

»Was ist das für ein Seich?«, tat Sam verwundert.

»Wer sagt dir«, machte sich Kurt wichtig und leerte das Schnapsglas, das noch nicht lange da gestanden hatte, in einem Zug, »wer sagt dir, dass die Leute mit dem Kind einfach dort sitzen bleiben? Vielleicht macht die Frau dort nur einen Zwischenhalt. Vielleicht sind es Berufs-Kidnapper mit Verbindungen in halb Europa, was wissen wir? Was willst du dann machen, wenn du nicht einmal weißt, wohin du telefonieren musst, um deinen Coup zu landen? Jedenfalls sollte man das Haus überwachen, wenn das überhaupt noch einen Zweck hat und die Vögel nicht bereits ausgeflogen sind.«

Sam glotzte Kurt an, als käme der direkt vom Mond. Innerlich begann er wieder zu kochen. Verdammt, was Kurt da soeben von sich gegeben hatte, war gar nicht so daneben. Er schwieg eine ganze Weile, dann begann er spöttisch zu grinsen:

»Dass die mit dem Kind wahrscheinlich nicht ewig in ihrem Käfig hocken bleiben, ist mir natürlich auch in den Sinn gekommen, mein liebes Kurtchen. Aber siehst du, so ein kleines Kind braucht Pflege, das kann man nicht einfach hin und her jonglieren wie ein Postpäckli, das muss seinen Brei kriegen, und zwar immer um sieben Uhr abends, und dann muss es schlafen. Wenn also die Bühlers ausziehen wollen, dann können sie das nicht vor morgen früh tun, und bis dahin ist noch lange Zeit, ihre Hütte zu überwachen.«

Der Seehund blickte abwägend zu Sam hinüber. Dessen Kenntnisse über Kinderpflege und Essenszeiten wagte er doch sehr zu bezweifeln. Aber er war es müde, sich dauernd mit Sam zu raufen. Stattdessen erkundigte er sich, welche Rolle denn ihm bei diesem Gaunerstück, wie er sich ausdrückte, zugedacht sei.

»Eben«, beschied ihm Sam mit überlegener Miene, »die Beschattung. Das heißt, heute Nacht übernehme ich die Wache, morgen früh wirst du mich ablösen. Sollten die mit dem Gof tatsächlich das Weite suchen, dann kann es einem von uns blühen, dass er die Verfolgung aufnehmen muss. In diesem Fall werden wir uns über das Handy verständigen. Im Idealfall kann ich aber mit den Kidnappern bereits morgen Vormittag Kontakt aufnehmen.«

14

Es ging gegen zehn Uhr, als es Roman endlich gelang, sich für den Rest des Vormittags aus seiner Abteilung zu verabschieden. Er wollte auf dem kürzesten Weg nach Hause fahren, aber unterwegs geriet er in einen Stau, verursacht durch einen militärischen Schwertransport, der die Kaserne Worblaufen ansteuerte. Normalerweise benutzte er für seinen Arbeitsweg von Zollikofen nach Bern den Regionalzug, aber heute Morgen hatte er wohlweislich den Volvo genommen. Er war so flexibler und obendrein würde Margret nicht auf die Idee kommen, den Wagen hervorzuholen und mit dem Kind weiß Gott wohin zu fahren.

Gerade als er den Bärschwendiweg erreichte, begann es wieder zu regnen. Roman musste an den fremden Mann denken, den er heute früh auf dem Trottoir in der Nähe des Hauses gesehen hatte und der ihm aufgefallen war, weil er ihm unter dem großen, schwarzen Regenschirm, den er aufgespannt hatte, lächerlich klein erschienen war. Für einen Moment hatte Roman an den nächtlichen Zaungast gedacht, aber der war wesentlich größer gewesen.

Roman war zapplig, und obgleich er heute noch nichts gegessen hatte, drohte es ihm den Magen jeden Moment zu kehren. Als er auf den Vorplatz seines Hauses einbog, war er drauf und dran, zu wenden und wieder wegzufahren. Im Augenblick hatte er keinen Dunst, wie er es bewerkstelligen sollte, Margret das Kind wegzunehmen und auf den Polizeiposten zu bringen.

Diesmal war der Korridor aufgeräumt und im ganzen Haus war kein Ton zu hören. Roman trat zuerst in den Salon, wo noch immer die beiden geleerten Whiskygläser auf dem Rauchtisch standen. In der Küche lag ein mit einem Kugelschreiber beschwerter Zettel, der zweifellos für ihn bestimmt war:

Wir machen einen Ausflug. Im Kühlschrank hat es Aufschnitt. Gruß, Margret.

An eine solche Entwicklung der Dinge hatte Roman überhaupt nicht gedacht. Jetzt stand er da wie der Ochs am Berg. Sein Plan, das Kind persönlich auf die Polizeiwache am Molkereiweg zu bringen, war fürs Erste gescheitert. Jetzt konnte er höchstens noch telefonisch etwas machen. Aber was zum Henker sollte er der Polizei erzählen?

»Grüß Gott«, hörte er sich sagen. »Meine Frau hat gestern ein Kind gestohlen, aber im Augenblick ist sie leider nicht da, sie macht nämlich mit dem Kind einen Ausflug.« Tönte das nicht völlig absurd? Da wäre es bei weitem einfacher gewesen, den Buben auf den Posten zu bringen.

Seine schicksalsträchtigen Überlegungen wurden unterbrochen vom Fiepen des Handys, das er noch im Mantelsack trug. Erneut wurde ihm beinahe schlecht, einen Augenblick war er versucht, gar nicht zu antworten, doch dann meldete er sich. Eine unbekannte, aber höfliche Stimme redete ihn mit »Herr Bühler« an, und was dann folgte, ließ das mulmige Gefühl in Romans Magen keineswegs verschwinden, im Gegenteil. Er musste sich am Küchentisch festhalten, um nicht umzukippen.

Seine Frau, die Kidnapperin, sei beobachtet worden, hieß es. Man würde schweigen, aber das koste dreißigtausend. Ob der Herr auf dieser Basis zu verhandeln bereit sei oder ob man gleich die Polizei benachrichtigen solle?

Roman drehte seinen Kopf nach links und rechts, so als ob

er sich vergewissern wollte, dass er allein war und ihm niemand zuhörte.

»Wer sind Sie?«, brüllte er. »Was wollen Sie von mir?« Zugleich fiel ihm auf, wie einfältig diese Fragen waren. Die Antwort kam denn auch prompt:

»Das Erste geht Sie nichts an, und das Zweite habe ich Ihnen bereits mitgeteilt.«

»Ich kenne Sie nicht und ich weiß überhaupt nicht, von was Sie da reden.« Roman brüllte noch immer.

»Sie wissen sehr gut, von was ich rede. Ihre Frau hat gestern Nachmittag auf dem Uferweg zwischen Bern und Zollikofen zweihundert Meter unterhalb des Felsenau-Stauwehrs ein kleines Kind gestohlen und ist mit ihm in Ihrem Haus am Bärschwendiweg 14 in Zollikofen verschwunden. Ihr Name ist Roman Bühler, Sie sind eidgenössisch diplomierter Buchhalter, steht im Telefonbuch. Zweifellos bekleiden Sie eine hohe Stellung, die Sie nicht aufs Spiel setzen wollen.«

»Wie Recht er hat«, dachte Roman. Er starrte durch das Fenster auf den Vorplatz hinaus. Dabei kam ihm absurderweise in den Sinn, dass man die Scheibe mit dem Sprung schon längst hatte ersetzen wollen.

»Hören Sie!« Auf einmal musste er gegen einen Lachanfall kämpfen. Er löste sich vom Tisch und ging in der Küche hin und her. Das war alles zu verrückt. Wahrscheinlich war er nahe daran, den Verstand zu verlieren.

»Hören Sie, hier ist kein Kind, meine Frau ist ausgeflogen und ich weiß verdammt noch mal nicht, wo sie ist, also was wollen Sie mit Ihrer dämlichen Erpressung? Ich weiß überhaupt nichts. Von einem Kind weiß ich nichts, und wo meine Frau ist, weiß ich noch weniger.«

»Aber *ich* weiß, wo sie ist, das heißt, bis heute Abend werde ich es wissen, und das ist Ihnen vielleicht noch einmal dreißigtausend wert.«

»Polizei«, überlegte Roman fieberhaft. »Die Polizei ist der

einzige Ausweg. Alles auffliegen lassen. Job adieu, Ansehen futsch, meine Frau im Gefängnis und ich wahrscheinlich auch. Aber was zum Teufel tut Margret, sobald sie erfährt, dass sie verraten worden ist?«

»Sind Sie noch da?«, erkundigte sich der andere.

»Doch, ja«, stotterte Roman. Und dann überkam ihn auf einmal eine unbändige Wut. Frau verrückt, Kind entführt, beide verschwunden und zu allem Überfluss noch eine Erpressung!

»Hören Sie«, meldete sich die fremde Stimme, »ich warte nicht länger. Seien Sie vernünftig. Ich mache es billig. Dreißigtausend für mein Schweigen und für den Aufenthaltsort Ihrer Frau. Das ist ein Pappenstiel im Vergleich zu dem, was auf Sie wartet, wenn die Entführung ans Tageslicht kommt.«

»Du kannst mich dort lecken, wo ich schön bin«, dachte Roman, bei dem sämtliche Sicherungen durchgebrannt waren. Jetzt war genug auf ihm herumgetrampelt worden, er würde handeln, aber anders, als es sich dieses Arschloch vorstellte.

»Okay.« Er versuchte seiner Stimme einen ruhigen und sachlichen Ton zu geben. »Wie soll es weitergehen?«

»Sie haben bis heute Abend Zeit, das Geld zu beschaffen, in gebrauchten Lappen natürlich. Heute Nacht bringen Sie die Moneten in einem Plastiksack um Punkt drei Uhr zum Treppenaufgang der Bahnunterführung der Station Felsenau. Sie betreten den Gang von unten und melden sich mit dem Kennwort *Roman.* Ich werde beim oberen Eingang stehen, und sobald ich Ihnen mit *Namor* geantwortet habe, legen Sie den Geldsack auf den ersten Zwischenboden, wo die Treppe einen Knick macht. Dann entfernen Sie sich sofort nach unten. Sollten Sie irgendeinen miesen Trick versuchen, werde ich die Polizei umgehend per Handy über den Kindsraub orientieren. Ist alles klar?«

»Überhaupt nicht. Wo soll ich zum Beispiel in so kurzer Zeit so viel Geld hernehmen?«

»Machen Sie sich nicht lächerlich. Für einen Buchhalter kann das kein Problem sein.«

Roman schluckte leer. »Und was passiert, wenn jemand in der Unterführung aufkreuzt?«

»Nachts um drei wird sich kaum jemand dort aufhalten. Wenn irgendetwas schief laufen sollte, gehen Sie einfach nach Hause und warten meinen Anruf und neue Anweisungen ab. Ist jetzt alles klar?«

»Alles klar«, knurrte Roman und hätte am liebsten wieder gebrüllt.

»Okay, bis dann.« Der andere hängte auf, Roman hörte bloß noch den spöttisch klingenden Summton.

»Bis aufs Hemd werde ich ausgezogen von diesem Sauhund«, überlegte Roman, der wild entschlossen war, nicht mehr lange zu fackeln. Er verließ die Küche und legte das Handy auf die Truhe im Korridor, angelte im Salon die halb volle Whiskyflasche aus der Vitrine, schenkte zwei Fingerbreit in eines der herumstehenden Gläser, nässte vorsichtig die Mundhöhle und schluckte. Zuerst musste er die erneut aufmuckende Übelkeit niederkämpfen, dann wurde ihm wohler. Er leerte sein Glas und ging durch den Korridor und über die Treppe nach oben. Im Schlafzimmer öffnete er den Schrank, in dem er seine Sportkleider und die Militärutensilien verstaut hatte. Er brauchte nicht lange zu suchen, dann wog er seine Armeepistole in der Hand.

15

Endlich begann Margret einzunicken, da fing das Kind schon wieder zu schreien an, es war zum Verzweifeln. Jetzt in der Nacht wurde der Roli-Boy zu einer Nervensäge. Entweder wollte er etwas zu trinken oder er rief nach Mama, entweder rannte er im Zimmer umher oder er schmiss das Bilderbuch, das ihm Margret gekauft hatte, an die Wand. Alle seine Ansprüche und Aktivitäten wurden von einem aggressiven Gequäke begleitet, das auch den andern Gästen des Hotels den Schlaf rauben musste.

Verwöhnt war der Bub nicht, nur unartig. Wegen einem Riegel Schokolade oder einem Becher Citro konnte er in lauten Jubel ausbrechen. Aber wenn er irgendwo still sitzen sollte oder wenn Margret, die es bereits in den Kamin geschrieben hatte, ihn zu baden oder zu duschen, wenigstens eine Katzenwäsche veranstalten wollte, brüllte er wie am Spieß. Das Einzige, was ihn ruhig stellte, war der Fernseher, aber schließlich konnte man das Gerät nicht die ganze Nacht laufen lassen.

Überhaupt, seit sie gestern völlig überstürzt weggefahren waren, hatte Margret die Erfahrung machen müssen, dass nicht alles so einfach war, wie sie es sich vorgestellt hatte. So war sie zum Beispiel schon in der ersten Nacht drauf gekommen, dass Roli eine schwache Blase hatte.

Kaum waren sie gestern Morgen bei der Station Zollikofen

angekommen, hatte das Theater begonnen, und Margret war froh gewesen, wenigstens genug Pampers eingepackt zu haben. Nach der Ankunft im Berner Bahnhof hatte sie als Erstes den »Mc Clean« aufsuchen müssen, um den Buben trockenzulegen. Bei dieser Gelegenheit war sie sich erneut bewusst geworden, dass er bloß die paar Fähnchen besaß, die er bei ihrer Begegnung an der Aare am Leib getragen hatte. Kevins Sachen waren Margret aus sentimentalen Gründen zu schade gewesen; so hatte sie, ehe sie einen Zug besteigen konnten, bei Loch für das Kind noch ein paar Kleidungsstücke besorgen müssen.

Als sie dann kurz vor zehn Uhr in einem Nichtraucherabteil erster Klasse des Schnellzuges nach Zürich Platz genommen hatten, war Roli prompt eingeschlafen und Margret hatte zum ersten Mal Zeit gehabt, über die schwierige Lage nachzudenken, in die sie hineingeraten war.

Sie hatte befürchtet, dass Roman früher oder später handeln würde. In dieser Hinsicht kannte sie ihn zu gut. Die Idee, mit dem Kind so rasch wie möglich zu verschwinden und so Romans mögliche Pläne zu durchkreuzen, hatte sich geradezu aufgedrängt.

Und nun saßen sie also im Zug. Ohne lange zu überlegen, hatte sie eine Fahrkarte nach Zürich gelöst, denn in einer großen Stadt würden sie am ehesten für ein paar Tage untertauchen können. Doch je länger der Zug unterwegs war, desto unsicherer wurde Margret, und noch bevor sie Langenthal erreichten, dämmerte ihr, was für einen Blödsinn sie gemacht hatte.

Am Morgen hatte sie vergessen, ihr Psychopharmakon einzunehmen, die Wolke sieben, auf der sie seit Montagnachmittag geschwebt war, hatte sich im Laufe des Vormittags in nichts aufgelöst, die ganze Euphorie war dahin. An der Aare unten hatte sich Margret in einer Traumwelt befunden; die teils eingenebelte Landschaft, die jetzt an ihr vorbeieilte, hatte nichts Fantastisches mehr an sich, und der kleine Junge war kein Märchenprinz mehr, sondern ein ganz gewöhnlicher Bub, der weder besonders adrett noch besonders pfiffig aussah und im Übrigen im Schlaf offenbar schon wieder in die Windeln gepinkelt hatte. Margrets feine Nase roch es.

Zürich! Am besten war es, sich mit Roli in einem Hotel zu verstecken und ein paar Tage über alles nachzudenken. Dass sie mit Roman würde in Verbindung treten müssen und dass das Kind seiner richtigen Mutter auf möglichst diskrete Art und Weise zurückgegeben werden musste, leuchtete Margret je länger, je mehr ein, und sie konnte sich bloß fragen, was zum Kuckuck eigentlich in sie gefahren war. Wer weiß, wenn Roman gestern Abend feinfühliger gewesen wäre, so wäre es vielleicht nicht so weit gekommen und sie hätte sich weniger störrisch benommen.

Der Schnellzug war nur schwach besetzt. Nebenan saß eine Großmutter, die abwechslungsweise in der »Schweizer Illustrierten« blätterte oder Margret und vor allem das schlafende Kind mit wohlwollenden Blicken bedachte. Im Abteil schräg gegenüber befand sich ein bleicher, glatzköpfiger Mann mit Seehundsschnauz, der immer wieder aufsprang und im Zwischengang des Zuges verschwand. Es dauerte eine Weile, bis Margret merkte, dass er dorthin ging, um zu rauchen.

Als der Zug in Aarau mit einem Ruck anhielt, erwachte Roli. Er rieb sich die Augen, krabbelte vom Sitz hinunter und verlangte lauthals etwas zu trinken. Als Margret ihm zu erklären versuchte, dass man warten müsse, bis das Wägelchen vorbeikomme oder bis man in Zürich sei, begann er augenblicklich zu toben und schlug mit den kleinen Fäusten zuerst auf die Sitzpolster und dann auf Margret ein. Die Frau nebenan lächelte nachsichtig, der Kerl schräg gegenüber saß da wie ein Affe auf dem Schleifstein und guckte blöde aus der Wäsche. Margret hätte ihn ohrfeigen können.

Sie versuchte, das Kind zu überreden, aus dem Fenster zu

gucken und sich alle Tiere zu merken, die zu sehen waren; ein Hund, weidende Kühe im letzten Herbstgras, eine getigerte Katze vor einem Mausloch. Dann formte sie aus einem Taschentuch und ihrem Lederhandschuh selber ein Geschöpf mit langen Ohren und Roli sollte erraten, was für ein Tier es sein könnte. Aber es nützte alles nichts, er war nicht mehr zu besänftigen. Das Einzige, was ihn vorübergehend zu faszinieren vermochte, waren die gelb blinkenden Warnlichter, sobald der Zug eine der zahlreichen Baustellen passierte. Margret konnte sich nicht erinnern, dass Kevin auch nur ein einziges Mal mit solcher Ausdauer unausstehlich und trotzig gewesen war, und wenn sie daran dachte, dass das wahrscheinlich bis Zürich im gleichen Stil weitergehen würde, so wurde ihr beinahe schlecht.

Kurz vor Baden fiel ihr Blick zufälligerweise auf die Anschrift »Hotel«, die rechter Hand das Flachdach eines mehrstöckigen Steinkastens krönte. Ihr Blitzgedanke nahm sofort Form an. Das war doch genau das, was sie suchte; eine anständige, aber unauffällige Unterkunft in der Agglomeration einer mittelgroßen Stadt. Ohne noch lange zu überlegen, packte sie ihre Siebensachen zusammen, schlüpfte in den Mantel und zog Roli das neue, blaue Jäckchen mit der Kapuze über. Abgelenkt von den unerwarteten Aktivitäten Margrets, schwieg das Kind sofort und wurde zahm wie ein Lämmlein.

Der Badener Bahnhof war offenbar im Umbau. Es gab nichts außer rotweiß gestreiften Abschrankungen, gerollten Kabeln und provisorischen Hinweistafeln, die überall im Weg standen, dazu dichte Staubwolken, die auf dem teils aufgerissenen Perron einen glitschigen Filz hinterließen. Dazu herrschte ein Lärm, dass einem Hören und Sehen verging. Zu allem Überfluss rasselte noch ein ellenlanger Güterzug vorbei, dessen Luftzug wie eine Furie über den Bauplatz fegte und sämtliche lose befestigten Plakate und Markierungsfähnchen flattern ließ.

Sie standen auf dem Perron wie Landeier, und Margret wusste vorläufig nicht, in welche Richtung sie sich bewegen sollte. Dem Seehund, der hier ebenfalls ausgestiegen war, schien es ähnlich zu gehen; er lungerte unentschlossen herum und man hätte meinen können, er warte auf den Entschluss Margrets, um sich ihr dann anschließen zu können.

Roli wollte auf einmal partout nicht marschieren, was besonders perfid war, weil er sich am Morgen mit Händen und Füßen gewehrt hatte, in Kevins Sportwagen zu sitzen. Margret hatte es langsam gedämmert, dass es vielleicht jeweilen gar nicht die Schuld der grauhaarigen Mutter gewesen war, wenn der Bub hatte hinterherstoffeln müssen. Jetzt wäre Margret natürlich froh gewesen um den Wagen. Wenn sie schon das Kind tragen musste, hätte sie wenigstens die schwere Reisetasche verladen können.

Da Margret weder Name noch Adresse des vorher entdeckten Hotels kannte, blieb ihr nichts anderes übrig, als ein Taxi zu nehmen. Als sie ungefähre Richtung und Standort ihres Ziels hervorstotterte, grinste sie der tamilische Chauffeur freundlich an und erklärte in schönstem Badener Dialekt, es könne sich nur um den »Kappelerhof« handeln.

Margret knipste die Nachttischlampe an, kroch seufzend aus den Federn und ging auf Zehenspitzen hinüber zum Kinderbettchen, das die Hotelleitung freundlicherweise in das Einerzimmer hatte stellen lassen. Unvermittelt ging Rolis Geschrei in ein dünnes Wehklagen über. Sein Köpfchen war zündrot, und als Margret mit der Hand durch seinen blonden Schopf fuhr, merkte sie, dass seine Haare feucht waren. Möglicherweise war er krank geworden, das hätte gerade noch gefehlt.

»Mami, Mami«, wimmerte er, und es nützte gar nichts, dass Margret in einem fort und mit schmeichelnd-stupider Babystimme herunterleierte, sie sei jetzt Rolis Mami. Das Kind wollte sein Mami und kein anderes, das wurde langsam offensichtlich, da konnte sich Margret lange aufplustern, als wäre sie die Mutter aller Mütter.

Seltsamerweise war sie fast ein wenig beruhigt. Wenn das Kind dauernd nach seinem richtigen Mami verlangte, konnte die Grauhaarige nicht die Rabenmutter sein, als die sie jeweilen an der Aare unten erschienen war. Wenn Roli eines Tages tatsächlich zu seiner Mutter zurückkehrte, so durfte Margret wenigstens das Gefühl haben, das Kind befinde sich trotz allem in einigermaßen guten Händen.

Auf der unter ihrem Fenster vorbeiführenden Hauptstraße war es wieder lauter geworden. Lastwagen um Lastwagen donnerte vorbei, sie ließen die Scheiben leise klirren und übertönten das Geräusch der ebenfalls vorbeiratternden Züge.

Margret blickte durch die Lücke, die in der Mitte der schweren Vorhänge klaffte. Draußen nässte ein herangrauender Spätherbsttag die Straße und die Promenade daneben, die Bahngleise, das Konfektionsgehölz eines kleinen Parks und die Betonmauern der planlos ineinander gewürfelten Wohnblöcke der Nachbarschaft. Margret begann sich anzukleiden. Als sie auf die Weckeruhr auf ihrem Nachttisch schaute, sah sie, dass es bereits gegen halb acht ging.

Roli hatte unterdessen die Platte gewechselt. Anstatt nach Mami schrie er nun nach »Koko« und Margret, die sich einbildete, die Kindersprache noch immer aus dem Effeff zu beherrschen, musste sich eingestehen, dass sie keine Ahnung hatte, was er meinte. Immerhin fiel ihr ein, dass der Bub wahrscheinlich Hunger und Durst hatte und sie sich gelegentlich um das Frühstück kümmern sollte.

»Was bin ich doch für eine miese Mutter«, theaterte sie, »an nichts denke ich, an gar nichts, und der arme Roli kann glatt verhungern und verdursten.« Zuerst wollte sie das Zmorge aufs Zimmer bestellen, aber dann überlegte sie, dass es den Buben am meisten ablenken würde, wenn sie mit ihm in den Frühstücksraum ginge.

Dort stellte sich dann heraus, dass der »Kappelerhof« ein durchaus kinderfreundliches Hotel war. Ein Sitzchen und ein farbenfrohes Essmäntelchen wurden ohne weiteres zur Verfügung gestellt. Die ebenfalls herbeigeschafften Farbstifte und den Papierblock schmiss Roli mit einer verblüffenden Zielsicherheit in den Gipfelikorb auf dem zum Glück noch unbesetzten Nachbartisch. Die Milch, mit der man ihn später umschmeichelte, wollte er weder warm noch lau noch kalt trinken, sondern er brüllte so lange nach diesem verflixten »Koko«, bis die Serviertochter, die offenbar mit Kindern mehr Erfahrung hatte als Margret, endlich herausbrachte, dass es sich um Coca-Cola handeln musste. Als Roli endlich das dunkle Gebräu vor sich hatte, schwieg er seit langem zum ersten Mal und brachte mit seinem Knautschmündchen sogar ein Lächeln zu Stande. Margret schüttelte den Kopf. Wie konnte man ein so kleines Kind Coca-Cola trinken lassen und dann erst noch zum Frühstück? Ihr vorher gehegtes Verständnis für Rolis Mutter schwand wie Schnee in der Märzensonne. Immerhin, krank war der Bub Gott sei Dank offenbar nicht.

Margret war zu nervös, um richtig zu frühstücken. Sie würgte ein Gipfeli herunter, nahm ihre Tabletten und spülte mit viel Kaffee nach. Dann kümmerte sie sich wieder um Roli, der es inzwischen fertig gebracht hatte, das Cola durch die Nasenlöcher in die Gegend zu zerstäuben, sein Butterbrot umzukehren und das Holztablar vor sich mit Erdbeerkonfitüre einzufärben.

Dass sich Margret auf die Dauer nicht als Mutter dieses unerzogenen Bengels aufspielen konnte und wollte, lag ebenso auf der Hand, wie dass sie früher oder später den Grund ihres Hierseins erklären musste; jedenfalls dann, wenn sie längere Zeit im Hotel bleiben würde. Zum Glück hatte sie wenigstens daran gedacht, am Empfang zwar die richtige Adresse, aber einen falschen Namen anzugeben.

Warum sie sich als Lisa Steiner ausgegeben hatte, wusste sie nicht. Der Name war ihr einfach spontan eingefallen.

Als sie mit der kinderlieben Kellnerin ins Gespräch kam, nahm sie die Gelegenheit wahr zu erklären, warum sie hier war.

Ihre Badener Freundin sei im Spital und habe ihr Haus und Kind zum Hüten überlassen, faselte sie. Und ausgerechnet da sei das Haus der Freundin durch einen Leitungsbruch unbewohnbar geworden. Da die Freundin täglich besucht werden müsse, weil sie ihr Kind sehen wolle, sei ihr nichts anderes übrig geblieben, als in der Nähe eine Notunterkunft zu suchen.

Die Kellnerin nickte teilnahmsvoll, aber ihr zweifelnder Blick, der zwischen der so genannten Babysitterin und dem Kind hin- und herwanderte, ließ Margret im Ungewissen, ob sie mit ihrem Märchen ins Schwarze getroffen hatte. Schlagartig fiel ihr ein, dass Roman durchaus auf die Idee kommen könnte, sie und das Kind über das Radio suchen zu lassen. Es war sogar wahrscheinlich, dass er das bereits getan hatte. Dann gute Nacht! Jedermann, der die Meldung hörte, würde die seltsame Mutter mit ihrem Kind auf Anhieb erkennen. Margret beobachtete argwöhnisch die Serviertochter, die sich hinter das Buffet verzogen hatte, aber die sprach in kein Telefon und tuschelte auch nicht mit ihrer Kollegin, die inzwischen aufgetaucht war.

Die Tranquilizer begannen zu wirken, Margret wurde ein wenig gelassener. Bis jetzt war sie offenbar nicht erkannt worden. Dennoch, irgendwo wollte sie die Neun-Uhr-Nachrichten hören und Zeitungen lesen. Und dann war es höchste Zeit, sich zu überlegen, was sie und Roli den lieben langen Tag beginnen sollten. Der angebliche Spitalbesuch zwang sie ohnehin, das Hotel für eine Weile zu verlassen, da konnten sie geradeso gut mit dem Bus nach Baden hineinfahren und sich dort ein wenig umsehen. Dass sie einer Schulkollegin begegnen würde, die in Gebenstorf oder Nehmenstorf, aber jedenfalls irgendwo im Aargauischen, verheiratet war, schien eher unwahrscheinlich.

Später saß Margret mit Roli in »Moser's Kafi« mitten in Baden und wartete gespannt auf die Nachrichten. Der Bub schlürfte Citro durch ein Röhrchen und verhielt sich ausnahmsweise manierlich. Langsam merkte sich Margret ein paar Dinge, die ihn jeweilen zu besänftigen schienen: Citro, Coca-Cola, Schokolade, Getragenwerden und Fernsehen.

Weder im »Metropol« noch im »20 Minuten« hatte etwas von einer verschwundenen Frau samt Kind gestanden. Auch die Nachrichtensprecherin, die jetzt die letzten Neuigkeiten verlas und immerhin von einem Mord in Bern zu berichten wusste, gab zum Schluss keine Vermisstmeldung durch. Dennoch war Margret wieder unruhig geworden. Es dünkte sie, tausend Augen würden sie belauern, selbst die Knopfäuglein der Rosinenbrötchen auf ihrem Tisch schienen ihr hämisch zuzublinzeln. Dummerweise hatte sie inzwischen noch herausgefunden, dass das berühmte Gebenstorf, wo ihre Schulfreundin wohnte, nicht einmal zehn Kilometer von Baden entfernt war und erst noch an der Busstrecke lag, die am Hotel vorbeiführte.

16

Wäre sich Margret bewusst gewesen, dass sie tatsächlich beobachtet wurde, so hätte sie schleunigst das Weite gesucht, das Hotelzimmer gekündigt und ihre Spuren verwischt. Der Seehund saß nämlich ebenfalls im Café. Er trug eine wuchtige Sonnenbrille und eine karierte Dächlikappe, die er sich tief über die Glatze gezogen hatte.

Er hatte sich gestern im Hotel »Kappelerhof« unter falschem Namen eingemietet und war mit Sam telefonisch in Verbindung getreten, um durchzugeben, wie und wohin der Hase lief. Dass seine Unterkunft im gleichen Stock lag wie diejenige der Entführerin, war ein glücklicher Zufall. So konnte er ihr Kommen und Gehen quasi vom Zimmer aus beobachten. Nach einer schlaflosen Nacht, die er vor allem damit verbracht hatte, mit einem Ohr auf den Gang hinauszuhorchen, war er heute Morgen bereits um sechs Uhr aufgestanden und hatte dann vor dem Hotel Posten bezogen.

Als die Frau mit dem Kind kurz nach acht auftauchte, war er ihr bis in »Moser's Kafi« im Zentrum von Baden gefolgt. Daneben hatte er tüchtig und ausgiebig geflucht, denn dieser so genannte Überwachungsauftrag, den ihm Sam aufgehalst hatte, war alles andere als ein Honiglecken. Es hatte schon gereicht, dass sie in einem Nichtraucher gefahren war und er, wenn er hatte rauchen wollen, dazu verdammt gewesen war, wie ein Stehaufmännchen umherzuhüpfen. Wie er diesen Mutterkuchen mit dem Gof permanent überwachen sollte, war ohnehin ein Rätsel mit sieben Siegeln, und ob er bereits heute wieder nach Bern zurückkehren konnte, wie es Sam versprochen hatte, wussten die Götter.

Vorsichtshalber hatte er das Bier, das in seinem leeren Magen gurgelte, bereits bezahlt, und als die Mietmutter mit ihrem Rotzlöffel Anstalten traf, die Kurve zu kratzen, konnte er die Verfolgung sofort aufnehmen.

Die Frau hatte Angst, das roch Kurt hundert Kilometer gegen den Wind, und er musste doppelt aufpassen, nicht ihren Argwohn zu erwecken. Sie blickte dauernd über die Schulter und dann konnte sie sich nie entschließen, in welche Richtung sie gehen sollte. Wenn sich irgendwo eine größere Menschengruppe angesammelt hatte, so wich sie in einem weiten Bogen aus oder wechselte das Trottoir. Das Kind stolperte nebenher oder wurde vielmehr nebenhergeschleift, ein übers andere Mal musste es wieder getragen werden. Das Frauenzimmer war weiß Gott nicht zu beneiden, Kurt hätte diesem Wicht schon längst den Hals umgedreht. Plötzlich machte sich der Knirps von seiner Pseudomutter los, drehte sich um und steuerte mit rudernden Armen direkt auf Kurt zu. Dieser wandte sich instinktiv ab und blickte in das Schaufenster des Reisebüros Kuoni:

»Beijing – Faszinierendes China«, las er. »Mit Kuoni und Swissair bequem und nonstop nach Beijing. Fantastisch! Spezialangebot ab Fr. 995.-.«

Ja, das wäre nicht ohne: Verreisen ans andere Ende der Welt, anstatt in diesem tristen Kaff herumzuhängen und einer mehr als fragwürdigen Sache nachzujagen. Kurt musste kurz an seinen Bruder denken, der in Brasilien auf einer Farm lebte und ihm schon immer in den Ohren gelegen hatte, zu ihm zu kommen. Ob der Coup mit der Erpressung gelungen war, stand vorläufig in den Sternen geschrieben. Punkt elf Uhr musste er Sam anrufen, dann würde er auch erfahren, wie es in Bern gelaufen war.

Als Kurt seinen begehrlichen Blick vom Schaufenster löste und sich umdrehte, konnte er die Frau und das Kind nirgends mehr sehen. Er begann zu rennen und suchte mit den Augen die andere Straßenseite ab, doch sie blieben verschwunden. Verfluchte Scheiße! Zu allem Überfluss hatte es auch wieder in dünnen Fäden zu regnen begonnen. Die Menschen öffneten Schirme und stülpten Kapuzen über die Köpfe, die ganze Straße sank in die feuchte Morgendämmerung zurück und schien nur noch aus Kapuzen und Schirmen zu bestehen. Dazu herrschte auf einmal ein Gedränge, als ob ganz Baden auf den Beinen wäre. Da noch jemanden finden zu wollen war ein Ding der Unmöglichkeit.

Kurt machte sich indessen noch nicht allzu große Sorgen. Früher oder später musste die Entführerin ins Hotel zurückkehren. Dass sie ohne ihr Gepäck verreisen würde, war eher unwahrscheinlich. Am cleversten war es sicher, den nächsten Bus zum »Kappelerhof« zu entern und dort der Dinge zu harren.

Um elf Uhr würde er Sam anrufen, und falls der Coup gelungen war, konnte er die Übung tatsächlich schon heute abblasen. Wozu die Verfolgungsjagd nach Baden eigentlich gut sein sollte, hatte ihm ohnehin nie ganz eingeleuchtet. Der Bühler saß in der Falle, das hätte eigentlich genügen sollen. Aber als er gestern Morgen Sam über die unverhoffte Flucht der Frau mit dem Kind unterrichtet hatte, war der nicht von der Idee abzubringen gewesen, dass die Kenntnis über den Verbleib der Kidnapperin und ihrer Beute unabdingbar sei und man aus ebendiesem Wissen auch noch weiteres Kapital schlagen könne. Ob Sam seinem Opfer den Aufenthaltsort der Frau tatsächlich verkaufen wollte und konnte und ob es überhaupt bei einer einmaligen Erpressung blieb, war ungewiss. Sams weitere Pläne lagen vorläufig im Dunkeln, und schließlich konnte er Bühler ausnehmen bis zum Sankt-Nimmerleins-Tag.

»Aber dann ohne mich«, sagte sich Kurt. Die ganze Angelegenheit hing ihm schon jetzt zum Hals heraus. Er wollte nichts anderes als möglichst rasch seinen Anteil kassieren und dann ab nach Brasilien oder sogar zu den Chinesen.

Punkt elf Uhr wählte er Sams Nummer. Obschon ihre Handys nicht registriert waren, hatte er unweit des Hotels eine öffentliche Telefonkabine aufgesucht. Sam hatte ihm zwar versichert, nicht eingetragene Rufnummern seien unmöglich zu identifizieren, aber weiß der Kuckuck, auf einmal traute er der Sache nur noch halb.

Die Entführerin und ihr Leihbube waren noch nicht wieder aufgetaucht. Falls Sam nach ihnen fragen würde, musste er ihm irgendeinen Bären aufbinden. Kaum war das erste Rufzeichen ertönt, wurde auf der andern Seite abgehoben und eine Männerstimme sagte »Hallo?«. Aber es war nicht Sams Stimme! Was zum Teufel sollte das bedeuten? Hatte er am Ende falsch gewählt? Sollte er es nochmals versuchen? Passieren konnte dabei rein gar nichts. Er stellte Sams Nummer zum zweiten Mal ein und zum zweiten Mal meldete sich die fremde Stimme.

Kurt fiel das Herz in die Hosen. Wer sprach da? War es ein Kriminaler? Er schmiss den Hörer hin und stolperte aus der Kabine. Da hatte etwas nicht geklappt, oh nein, da hatte etwas ganz und gar nicht geklappt, das lag auf der Hand. Der Plan war in die Binsen gegangen und Sam verhaftet oder jemand anderem, der Wind von der Sache bekommen hatte, in die Finger geraten. Mit eingezogenem Kopf lief er zum Hotel zurück, seine Gedanken flogen. Wenn die Polizei tatsächlich zugeschlagen hatte, würde sie so lange bohren, bis Sam zugab, einen Komplizen zu haben. Er kannte Sam, der würde nie dichthalten und sich höchstens noch einen Spaß daraus machen, seinen Kumpel mit hineinzuziehen oder ihn gar als Sündenbock hinzustellen. Neben Kurt rollte der Verkehr. Es kam ihm vor, als gucke aus jedem Fahrzeug jemand, der ihn identifizieren könnte. Zum Glück warf der immer stärker niederfallende Regen ein Tarnnetz über ihn.

Als er sich dem Hotel näherte, sah er auf der andern Seite die Frau mit dem Kind aus dem Autobus steigen. Kurt wäre am liebsten im Boden versunken oder wenigstens in den nächsten bahnhofwärts verkehrenden Bus gehechtet, denn jetzt, dünkte es ihn, war er diejenige Person, die verfolgt wurde. Aber er musste noch sein Gepäck abholen und das Zimmer bezahlen.

Kurt kehrte nicht in seine Einzimmerwohnung im Berner Wylergut zurück. Stattdessen fuhr er durch den Lötschbergtunnel direkt nach Brig, wo es ebenfalls wie aus Kübeln goss. Er quartierte sich dort in der erstbesten Pension ein, deren Namen er sich gar nicht merkte. Er gab sich der Illusion hin, die Alpen würden eine Barrikade zwischen ihn und seine möglichen Verfolger legen. Außerdem beruhigte ihn die Tatsache, dass er bloß durch den nächsten Eisenbahntunnel zu fahren brauchte, um über die Grenze nach Italien zu gelangen.

Kurt verfluchte Sam und die Tatsache, dass er jemals auf die hirnverbrannte Idee mit der Erpressung eingegangen war. Er guckte aus dem Fenster seines schäbigen Zimmers, das diesmal im obersten, vierten Stock lag. Zwischen der Häuserzeile auf der anderen Straßenseite erspähte er die aufblitzenden Wellen der schiefergrau daherflutenden Rhone, und wenn er den Blick über die flachen Dächer der ineinander geschachtelten, teils bereits erleuchteten Gebäude hob, sah er frisch eingeschneite Berggipfel, an denen die nahende Nacht langsam emporkletterte. Angesichts der Berge, die den Ort wie eine Schildwache umstellten und mit jeder Minute näher zu rücken schienen, dünkte es ihn auf einmal, hier erst recht in der Falle zu sitzen.

Auch sein Geld ging langsam zur Neige. Mit dem von Sam versprochenen Spesenausgleich war natürlich nicht mehr zu rechnen, geschweige denn mit dem Anteil am erpressten Cash. Bei seinem Arbeitgeber hatte er sich zwar krankgemeldet; er war jedoch bloß im Stundenlohn angestellt und es war gut möglich, dass er den Job verlieren würde. Im Bahnhofbuffet leistete er sich gerade noch eine Käseschnitte nature und einen Dreier Fendant, dann schlich er auf möglichst verdunkelten Wegen zu seiner Absteige zurück und kroch, ohne überhaupt Licht zu machen, unter die klammen Decken des durchgelegenen Hotelbettes. Nach der letzten, nahezu schlaflos verbrachten Nacht war er zwar völlig erschöpft, aber es dauerte noch eine ganze Weile, bis er endlich einschlafen konnte.

Am nächsten Morgen herrschte überraschenderweise schönes Wetter. An der westlichen Seite der Talschaft, die gestern noch grau und abweisend ausgesehen hatte, zeichnete sich das Herbstgold der Lärchen ab, und die Zuckerhüte der höchsten Berggipfel wurden bereits von der in aller Heimlichkeit aufziehenden Sonne versilbert.

Für Kurt sah die Welt deswegen nicht freundlicher aus. Dass mit Sam etwas passiert sein musste, war nun sicher, sonst hätte er sich längst gemeldet. Kurz nach sieben machte sich Kurt auf den Weg zum nahen Bahnhof, um zu ernäseln, ob die Zeitungen etwas über eine misslungene Erpressung brachten.

Die Schlagzeilen auf den Aushängen beim Kiosk vermeldeten keine Sensationen, die Kurt interessiert hätten. Nachdem er jedoch eines der Gratis-Morgenblätter aus dem Container gefischt hatte, brauchte er nur einen Blick auf die Titelseite zu werfen:

Mord in Unterführung
Bern. In der Nacht zum Mittwoch wurde vom Engehalde-Quartier aus die Polizei alarmiert. In der Unterführung der Station Felsenau wurde dann die Leiche eines jünge-

ren Mannes aufgefunden. Der Tote wies mehrere Schussverletzungen auf. Laut ersten Ermittlungen der Kantonspolizei handelt es sich beim Opfer um einen im letzten Jahr aus der Haft entlassenen Straftäter. Es wird nicht ausgeschlossen, dass hier eine Abrechnung unter Kriminellen stattgefunden hat. Wie die angelaufene Untersuchung ergeben hat, haben Anwohner um drei Uhr früh mehrere Schüsse vernommen und mindestens einen Mann Richtung Aare davonrennen sehen. Die Polizei sucht weitere Zeugen. Sachdienliche Hinweise nimmt Telefon 031 331 57 72 oder der nächste Polizeiposten entgegen.

Jetzt war er im Bild. Er brauchte keine Tabelle, um zu wissen, dass es sich beim in der Zeitung erwähnten Toten um niemand anderen als um Sam handelte. Sam hatte sich mit Bühler in der Unterführung Felsenau treffen wollen, wenigstens das wusste Kurt.

Er schlug den Mantelkragen hoch, zog die Dächlikappe tief in die Stirn und rückte die Sonnenbrille zurecht. Die Zeitung klemmte er unter den Arm. Jetzt musste er zuerst einen Schluck trinken. Er ging diesmal nicht ins Buffet, sondern in eine arvengetäferte Spunte an der Bahnhofstraße, in der bloß ein paar Arbeiter und ein vereinsamtes, in Windjacken verpacktes Touristenpaar saßen. Kurt bestellte einen Schnaps und lehnte sich zurück. Einer inneren Eingebung folgend, riss er die Sonnenbrille von der Nase und schob die Mütze zurück.

»Das ist exakt das, was ich tun muss, um nicht aufzufallen«, überlegte er. »Umherlaufen wie ein verkleideter Mafiaboss. Wie blöd ich doch bin!«

Doch niemand hatte bis jetzt von ihm Notiz genommen. Die Büezer regten sich wegen einer Asylantenunterkunft oder Notschlafstelle auf, die offenbar kürzlich abgebrannt war. Vom Walliser Dialekt, der gesprochen wurde, verstand Kurt ohnehin nur die Hälfte. Am liebsten wäre er hier sitzen geblieben und hätte Schnaps in den Vormittag hinein gesoffen. Aber abgesehen davon, dass er knapp bei Kasse war, konnte er sich keine beschwipsten Ideen leisten, sondern musste einen kühlen Kopf bewahren. Immer wieder las er den Zeitungsbericht, obschon er ihn längst auswendig kannte. Zum hundertsten Mal redete er sich ein, dass er nicht in Gefahr sei, die Polizei von ihm nichts wissen könne und daher auch nicht nach ihm fahnden würde, und zum hundertsten Mal bewies er sich das Gegenteil.

Er rauchte jeweilen kaum eine halbe Zigarette und zündete sich mit fahrigen Bewegungen eine neue an. Sein Kopf leistete Schwerarbeit und ein neuer Gedanke fuhr bei ihm ein. Jetzt brauchte er doch noch einen zweiten Schnaps, Geld hin oder her. War es möglich, dass der Erpresste Sam hingemacht hatte, dass das Opfer zum Mörder mutiert war? Oder, fragte er sich, was würde geschehen, wenn Sam von jemand anderem, von ehemaligen Knastbrüdern zum Beispiel, abgeknallt worden war? Der Polizeibericht schloss just diese Möglichkeit nicht aus. Hatte Sam dann gesungen? Hatte er, um von sich abzulenken, auf Kurt hingewiesen? Abgesehen davon war er oft genug mit Sam zusammen gesehen worden. Kurt wurde es schwarz vor den Augen, da nützte alles Schnapstrinken und Rauchen nichts.

Die Arbeiter waren schon längst abgerumpelt und auch die Touristen hatten sich verzogen. Im Augenblick saß Kurt allein in der Wirtschaft. Die Serviertochter fuhr mit einem grauen Lappen über die Tische und legte farbige Sets und Papierservietten auf. Offenbar erwartete man Mittagsgäste. Über dem Buffet summte ein Ventilator und wirbelte kalte Rauchschwaden durcheinander. Daneben pries eine schwarze Tafel den Wochenhit an: »Pouletflügeli mit Krokettli und gem. Salat, nur Fr. 15.-.«

Kurt sah sich umstellt von Schwierigkeiten. Auf einmal

hielt er es hier drinnen nicht mehr aus. Er bezahlte und drückte die Mütze auf den Schädel. Die Brille und die Zeitung steckte er in die Manteltasche, dann hastete er beinahe fluchtartig auf die Bahnhofstraße hinaus.

Der Himmel war knallblau verglast und ein munterer Wind sprang in der Bahnhofstraße hin und her und trieb bunte Blätter vor sich her. Zwei vermeintliche Polizisten, die Kurt entgegenschritten, entpuppten sich beim Näherkommen als uniformierte Beamte der Furka-Oberalp-Bahn. Mit Einkaufstaschen bewehrte Brigerinnen zottelten grüßend aneinander vorbei, manchmal riefen sie in ihrem komischen Dialekt über alle Köpfe hinweg eine Bekannte auf der andern Straßenseite an, was Kurt lustig vorkam. Eigentlich wäre es ihm hier ganz wohl gewesen, aber er hatte bei Gott andere Sorgen, als es sich in Brig gut ergehen zu lassen.

Kurt fürchtete sich, und obgleich er eigentlich bis jetzt nichts Verbotenes angestellt hatte, kam ihm zum ersten Mal der Gedanke, sich der Polizei zu stellen und alles zu erzählen. Und als er diesen Gedanken weiterspann, fiel ihm plötzlich ein, dass er mit seinem Wissen unter Umständen Geld verdienen könnte. Er hätte gerne gewusst, ob im Fall Sam eine Belohnung ausgesetzt war, und noch lieber hätte er gewusst, was sich in der Erpressungsaffäre tatsächlich abgespielt hatte.

Da gingen im richtigen Augenblick in seinem kahlen Schädel sämtliche Lichter an und er kam dahinter, wo er am besten um die Stauden schlagen konnte, um vielleicht dieses oder jenes zu erfahren. Schließlich kannte er bei der Polizei einen Mann. Dieser Mann hieß Kammermann. Hans Kammermann, pensionierter Fahnder-Wachtmeister der Berner Kantonspolizei.

17

Zum selben Zeitpunkt, da Margret in ihrem Gästezimmer wegen dem Kind kaum ein Auge zutat und Kurt im selben Hotel auf der Lauer lag, dachte auch Roman überhaupt nicht ans Schlafen.

Den Nachmittag hatte er damit verbracht, sich einerseits gegen die ihn seit Montagabend drangsalierende Trunksucht zu wehren und andererseits seine Wut zu schüren. Und weil das miteinander nicht im Einklang stand, hatte er doch wieder zu saufen begonnen und dazu von Margrets Tablettenvorrat gefressen. Außerdem hatte er gewartet. Gewartet, dass Margret vielleicht doch von ihrem angeblichen Ausflug zurückkehren oder wenigstens ein Lebenszeichen von sich geben würde. Aber niemand kam, niemand meldete sich. Dann hatte er sich sagen müssen, dass mit Margret und dem Kind im Haus alles nur komplizierter geworden wäre und dass es ganz gut war, allein zu sein.

Jetzt wartete er noch immer. Er wartete auf die Nacht, er wartete auf seinen Einsatz. In der Wohnung war es totenstill, wie immer, seit er am Vormittag heimgekehrt war. Totenstill, dunkel und kalt. Das Haus glich wieder einem Bunker, draußen war Feindesland, das es später zu durchqueren galt. Alkohol und Tabletten regten Romans Grimm an, er steigerte sich von einem jähzornigen Anfall in den andern. Der Erpresser verwandelte sich in die personifizierte Schuld an Romans Tragödie. Er würde diesen Saukerl abknallen wie einen räudigen Hund. Roman fasste nach der Pistole, die noch ungeladen neben einer mit Zeitungen voll gestopften Plastiktasche auf dem Rauchtisch lag, und machte Zielübungen gegen das vom Vorhang verdeckte Fenster.

Dann auf einmal stürzte er ab von seinem mordlustigen Höhenflug, aber anstatt auf einer Zwischenebene aus Ernüchterung und Vernunft zu landen, brach er durch und prallte erst dort auf, wo sich Kaltblütigkeit und knallhartes Kalkül breit machten. Seine Gefühlswelten veränderten sich mehrmals im Laufe der Nacht, und als die Hochzeitsuhr auf dem Kaminsims endlich zwei Uhr schlug und es Zeit war aufzubrechen, war Roman zu einem gefühllosen Individuum geworden, das bloß noch den inneren Befehlen gehorchte, ohne sich zu fragen, ob diese richtig oder falsch waren.

Nach allen Seiten witternd, verließ er das Haus durch die Verandatür und trat in den Garten hinaus. Im Augenblick regnete es nicht mehr, aber die Nacht hatte sich voll gesogen mit Nässe und hüllte die bereits von den Wintermonaten angetastete Gegend in ein feuchtes Tuch.

Die Plastiktasche trug Roman in der linken Hand, die rechte umfasste die Pistole, die er in der Tasche der schwarzen Winterjacke verborgen hielt und die nun geladen war. Er schloss das Gartentor hinter sich und ging mit raschen Schritten und ohne sich jetzt nur ein einziges Mal umzublicken durch das um diese Zeit gottverlassene Quartier zum nahen, beschützenden Waldrand und zur Abzweigung, die hinunter zur Aare führte.

Er erreichte den Fußweg, den Margret mit dem geraubten Kind gegangen war, später die Bank, auf der die pflichtvergessene Mutter von Roli geschlafen hatte. Der Fluss schwappte träge seinem Ufer entlang. Das schwarze, nasse Tuch lag auch über der Aulandschaft und wurde erst dort angehoben, wo ein Lichtstreifen sich abzeichnete, ein heller Schein, verursacht durch die nahe Stadt, in der die Lichter nie ganz ausgingen. Roman marschierte dem Schimmer entgegen, aber lange bevor die ihn umgebende Dunkelheit durchsichtiger wurde, rauschte ihm das Stauwehr entgegen, jenes Stauwehr, wo er abzweigen musste, um an sein Ziel zu gelangen, jenes Schicksalswehr, wo Kammermann, von der andern Seite herkommend, der Grauen zum ersten Mal begegnet war.

Die in die so genannte Engehalde hineingebettete Station Felsenau befand sich auf der andern Seite der Aare, oberhalb einer ausgedehnten Wohnsiedlung. Roman ging über den Metallrost der Wehrbrücke, unter ihm brauste blassschäumendes Wasser durch die einzige gegenwärtig geöffnete Schleuse. Er umklammerte die Pistole in seiner Manteltasche, die weiß schimmernde Plastiktasche, die er in der andern Hand hielt, schlug gegen seine Kniekehle. Der eisige Hauch dieser toten Stunde zwischen zwei und drei ernüchterte Roman keineswegs, sondern schürte seinen Kampfgeist noch mehr an. Am Ende der Brücke blieb er stehen und blickte auf die Uhr.

Elf vor drei. Er war noch zu früh. Länger als vier Minuten würde er nicht brauchen, um zur Station hinaufzusteigen. Er wartete, schon wieder wartete er. Seinen Anmarsch hatte er hier beendet, er brauchte nur noch die Grenzlinie zum Tatort zu durchbrechen, um dann erbarmungslos zuzuschlagen.

Acht vor drei. Flussabwärts, irgendwo am diesseitigen Uferhang, starrte ein einziges, gelb erleuchtetes Fenster in die Schwärze der Nacht hinaus wie das Auge eines Geiers. Einmal schien es Roman, als höre er das ferne Aufheulen eines Automotors, dann herrschte wieder die vorherige Stille, die bloß vom verhaltenen Rauschen des Wehrs durchbrochen wurde.

Fünf vor drei. Roman setzte sich wieder in Bewegung. Über einen schräg ansteigenden Fußpfad gelangte er zur Straße, die das Engehalde-Quartier mit der Stadt verband.

Vier vor drei. Er erklomm ein weiteres kurzes und steiles, von ein paar Tritten unterbrochenes Wegstück, das oben abflachte und nach etwa dreißig Metern zum untern Eingang der Passage führte. Der Fluss und die schlafenden Wohnhäuser lagen nun unter ihm.

Er trat in den nach Urin stinkenden Gang der Unterführung, wo die hinter Milchglasscheiben verborgenen Neonröhren ein tötelig trübes Licht abgaben. Aber gewöhnt an die vorherige Dunkelheit, überraschte es Roman, wie hell es auf einmal war. Er griff fester nach der Pistole in seiner Jackentasche und rief das vereinbarte Losungswort »Roman«.

Er erhielt keine Antwort. Er rief lauter, und da tönte ihm von oben und wie aus einer anderen Welt das hohl klingende »Namor« des andern entgegen. Roman stieg über die Treppe an Plakaten und Graffiti vorbei zum ersten Zwischenboden und deponierte dort wie abgemacht den Plastikbeutel. Dann wandte er sich rasch ab, polterte zum unteren Ende der Treppe zurück. Er riss die nun entsicherte Waffe heraus und zielte zuerst auf die falsche Geldtasche, die ihm im Augenblick fast als etwas Lebendiges vorkam, dann hob er den Lauf leicht an.

Vom oberen Treppengang näherten sich vorsichtige, seltsam nachhallende Schritte, und dann zeichnete sich an der Seitenwand ein dämonenhaft verzerrter Schatten ab. Sekunden bevor die dunkle Gestalt des Erpressers auftauchte, verbarg Roman die immer noch entsicherte Waffe wieder in der Manteltasche.

»Weg mit dir, ich habe doch gesagt, dass du dich sofort verzupfen sollst«, schrie der Mann, sobald er Romans ansichtig wurde. Er bückte sich nach der Tasche, begann darin zu wühlen und schmiss ein paar Zeitungen auf die Treppe.

»Was soll das?«, brüllte er und stieg zwei, drei Tritte hinunter. »Wo ist das Geld? Willst du mich verarschen? Das kannst du mit mir nicht machen, mit mir nicht!« Auf einmal hielt er etwas in der Hand. »Da, mein Handy. Die Nummer der Polizei ist bereits gespeichert, ich …«

Roman riss blitzschnell die Waffe hervor, und ohne genau

zu zielen, gab er einen Schuss auf den Mann ab, dann noch einen, noch einen und noch einen.

Während das ohrenbetäubende Gebell der Schüsse im Labyrinth der Unterführung hundertfach widerhallte und beißender Pulverdampf sich ausbreitete, stürzte der Getroffene bäuchlings den Rest der Treppe hinunter und landete direkt vor Roman. Dieser sicherte die Pistole und schob sie wieder in die Jackentasche. Anschließend übersprang er die sich schwarz ausbreitenden Blutbächlein und den leblosen Körper des Erpressers und holte den Sack mit dem Rest der Zeitungen vom Treppenabsatz. Dann rannte er aus der Unterführung und jagte den Weg zum Stauwehr hinunter.

Und wie nun in einigen Häusern die Lichter angingen und aus dem Schlaf aufgeschreckte Menschen sich aus den Fenstern lehnten, hetzte er über die Wehrbrücke und verschwand hinter der Deckung des ersten Gehölzes, das flussabwärts den Uferweg säumte. Die Plastiktasche schmiss er in die Aare, die Pistole, deren heißer Lauf die Jackentasche angesengt hatte, umklammerte er mit der rechten Hand. In seinen Ohren summte der Nachhall der Schüsse und machte ihn völlig taub und vor seinen starr geradeaus gerichteten Augen drehten sich feurige Räder.

Er rannte. Obschon ihn niemand verfolgte, rannte er um sein Leben. Er rannte durch die Nacht, die noch nie so pechschwarz gewesen war wie gerade jetzt. Er rannte so lange, bis ihn der Schock über das, was er getan hatte, wie ein Faustschlag traf und ihn kopfüber in das klatschnasse Gras der Uferböschung warf.

18

Während Margret und Roli gerade wieder »Moser's Kafi« in Baden aufsuchten, um Zeit totzuschlagen, und Margret wieder in Betracht zog, ihrem Mann zu telefonieren, während Kurt im Zug nach Bern saß und sich ausrechnete, wie manchen Schnaps er noch trinken konnte, bevor ihm das Geld ausging, und sich entschloss, mit Kammermann noch heute Kontakt aufzunehmen, während Roman, der, nachdem er sich am Fluss unten wieder aufgerappelt hatte und im Morgengrauen an den Bärschwendiweg geschlichen war, sich im Geschäft krankgemeldet hatte, aber seither trotz totaler Erschöpfung weder tags noch nachts Schlaf finden konnte, im Augenblick wieder ziellos im Haus herumgeisterte, während die Polizei, die noch immer fieberhaft nach dem Unterführungsmörder suchte, jedoch nach wie vor völlig im Dunkeln tappte, zum wiederholten Mal den Tatort unter die Lupe nahm, während all dem krochen die Graue und der Ex-Wachtmeister schlecht aufgelegt von ihren Geliegern und verdrückten sich nacheinander ins Bad. Von Amore war keine Rede mehr.

Es ging bereits gegen zehn Uhr, als sie übernächtigt in Kammermanns Küche hockten und mit Hahnenwasser angerührten Nescafé tranken.

»Abwaschwasser«, murrte die Graue.

»Habe nichts anderes«, entschuldigte sich Kammermann.

Obschon die Heizung eingeschaltet war, schlich die Kälte

auf leisen Sohlen durch die Wohnung; vor dem Fenster hing das Spinnennetz des spätherbstlichen Vormittags.

»Macht nichts«, meinte die Graue. Dann schwiegen sie wieder, vermieden es möglichst, einander anzusehen, und ließen dafür ihre unsteten, getrübten Blicke durch die Küche schweifen.

Kammermann, der mit einem Brummschädel erwacht war, überlegte, ob er ausnahmsweise eine Schmerztablette schlucken sollte, aber da er seine Herzpillen bereits eingenommen hatte, befürchtete er Komplikationen, so ließ er es bleiben. Wegen seinem nächtlichen Besäufnis und der daraus resultierenden Zügellosigkeit machte er sich jetzt die bittersten Vorwürfe, nicht zu reden von seiner verunglückten Vorstellung als Romeo. Er wünschte die Graue ins Pfefferland, und wenn er sich überlegte, dass er noch immer keinen Finger gerührt hatte, um das vermisste Kind aufzutreiben, so plagte ihn das schlechte Gewissen erst recht.

Die Gedankengänge der Grauen hatten eine ähnliche Richtung eingeschlagen. Im Gegensatz zu Kammermann litt sie zwar unter keinem Kater, gegen die Folgen alkoholischer Ausschweifungen war sie geeicht; ein nagendes Schuldgefühl hingegen konnte sie nicht loswerden.

Jetzt müsse etwas gehen wegen Roli, erklärte sie mit dumpfer Stimme.

Er habe angenommen, sie habe ihn längst vergessen und abgeschrieben, erwiderte Kammermann, der sich bei seinen eigenen Überlegungen ertappt fühlte.

Wie er darauf komme, wollte sie wissen.

»Du hast ihn überhaupt nicht mehr erwähnt.«

»Du auch nicht.«

»Es ist in Gottes Namen dein Kind und nicht meines.«

Die Graue leerte ihre Tasse, schleckte den Löffel ab und legte ihn auf den Tisch.

»Du glaubst mir noch immer nicht, dass ich ein Kind habe

und dass es verloren gegangen ist, nicht wahr?«, schnupfte sie.

»Doch, doch«, wehrte sich Kammermann. »Es dünkt mich nur, dass du bis jetzt verdammt wenig unternommen hast, um es wieder zu finden.«

»Du tust immer, als ob mir Roli völlig egal wäre. Dabei vermisse ich ihn höllisch, ich bin ja völlig im Elend. Und überhaupt, du hast ja auch nichts unternommen, rein gar nichts.« Wieder einmal begann sie zu heulen wie ein Schlosshund.

»Natürlich habe ich etwas unternommen«, schwindelte Kammermann, der es doch nicht verklemmen konnte, bei der Grauen den Eindruck zu erwecken, er sei noch immer ein gewiefter Kriminalist. »Nur sind meine Recherchen bis jetzt im Sande verlaufen und ich rechne nicht damit, noch irgendwo auf einen grünen Zweig zu kommen. Wir können uns nicht ewig im Kreis herumdrehen. Wir müssen handeln.«

»Wie handeln?«, schluchzte die Graue. »Was sollen wir denn tun?«

»Jetzt pass mal auf, Silvia!« Angesichts ihres Gefühlsausbruchs nannte Kammermann sie wieder beim richtigen Namen. »Deine Jeremiade bringt uns auch nicht weiter. Ich habe dir schon erklärt, dass ich wegen deinem Buben wenig oder nichts unternehmen kann, dass ich aber jederzeit bereit bin, dich zur Polizei zu begleiten und dir beizustehen.«

»Gibt es denn wirklich keine andere Möglichkeit?«, jammerte die Graue.

Kammermann, der die Chancen steigen sah, sie zu vernünftigem Handeln zu überreden, und darob sogar seine Kopfschmerzen vergaß, begann zu orakeln, wie hilfsbereit die Polizei sein würde und wie dann augenblicklich alles ein freundlicheres Gesicht hätte; dass es doch immer noch am besten sei, Fehler einzugestehen, und dass er, Kammermann, ihr weiß Gott helfen würde, aus der ganzen Misere herauszukommen und überall sauberen Tisch zu machen.

Vor lauter Eifer hätte er sie beinahe wieder angerührt, aber er zog seine bereits halb ausgestreckte Hand eiligst zurück. Wenn sie schon aus dem von ihm erwähnten Teufelskreis ausbrechen wollten, durfte er selber der Grauen keine Avancen mehr machen.

»Ich habe immer noch gehofft, dass du den Buben irgendwie finden würdest und alles unter uns bleiben könnte«, klagte die Graue.

Kammermann wäre das auch wesentlich abenteuerlicher und romantischer vorgekommen als das Beschreiten des gängigen Weges. Es war sonnenklar, dass die Graue mehr von ihm erwartet hatte und dass sie von ihm enttäuscht war. Das wurmte ihn mehr, als er sich selber eingestehen mochte; aber er war am Ende mit seinem Latein, wenigstens, was die himmelsstürmerische Seite der Angelegenheit anbetraf. Im besten Fall würde es ihm gelingen, ihre Vormundschaft zu übernehmen und ihr so seine Sympathie zu zeigen. Das wäre immer noch besser, als gar nichts mehr mit ihr zu tun zu haben. Zweifellos eignete er sich besser zum Beistand als zum Liebhaber.

Kammermann erhob sich und stellte die leeren Tassen in den Schüttstein, dann schlug er wieder den kameradschaftlichen Ton an:

»Komm, Graue! Lass uns Nägel mit Köpfen machen! Wir müssen das Kind jetzt endlich als vermisst melden. Ich will dir nicht Angst machen, aber die Tatsache, dass man bis heute nichts von einem aufgefundenen Kind gelesen oder gehört hat, gefällt mir hinten und vorne nicht. Möglicherweise ist Roli tatsächlich ertrunken oder es ist ihm sonst etwas zugestoßen. Vielleicht ist er bloß irgendwo in Gefahr und braucht Hilfe. Stell dir vor, wie du dastehst, wenn sich eines Tages herausstellt, dass er hätte gerettet werden können, wenn du bloß zur Polizei gegangen wärest.«

»Zu spät«, lamentierte die Graue, »jetzt ist es sicher zu spät.«

»Solange noch Hoffnung besteht, ihn irgendwo lebend aufzufinden, ist es ganz und gar nicht zu spät«, tröstete Kammermann und ging in den Korridor, um seinen Mantel zu holen.

»Und wie willst du den Bullen klar machen, warum wir Roli erst heute als vermisst melden?«, rief die Graue.

»Wir brauchen ihnen ja nicht auf die Nase zu binden, dass wir seit Montag darüber diskutieren, ob wir wegen dem vermissten Kind Anzeige erstatten sollen oder nicht«, gab Kammermann vom Gang her Bescheid. »Du hast in deiner Verzweiflung eben den Kopf verloren und vorerst selber gesucht. Erst gestern bist du zufälligerweise an mich geraten und ich habe dich zum Handeln aufgefordert.«

»Das stimmt ja alles nicht«, protestierte die Graue und versuchte mit einem bereits zerknüllten Papiertaschentuch ihre Tränen zu trocknen.

»Graue!«, rief Kammermann. »Jetzt bringst du mich wirklich zum Lachen! Komm jetzt! Hast du eigentlich keinen Mantel?«

Die Graue stand nun in ihrem Schlabberrock im Korridor und schüttelte den Kopf. »Nur den Schal habe ich, liegt wahrscheinlich noch auf dem Sofa oder auf einem Stuhl.«

Eben als sich Kammermann anschickte, im Wohnzimmer nach dem Schal zu suchen, japste hinter ihm das Telefon, das im Augenblick auf dem Schuhschränklein im Korridor lag.

»Was Cheibs soll jetzt das heißen?«, meinte Kammermann zur Grauen, langte gleichzeitig nach dem Apparat und meldete sich.

»Knaus … Kurt Knaus«, meldete sich eine hastige Stimme.

»Knaus, Knaus?« In weiter Ferne läutete es bei Kammermann. Es handelte sich um einen der zahllosen Namen, die irgendwann in seinem Gedächtnis haften geblieben waren, aber warum und wo?

»Ja, bitte, Herr Knaus, um was geht es?« Die Ungeduld Kammermanns war typisch für jemanden, der bereits im Mantel im Korridor steht und zum Ausgehen bereit ist.

»Kurt Knaus«, wiederholte der Anrufer. »Vor etwa zwei Jahren hatten wir miteinander zu tun, das heißt …«

»Ich kann mich nicht erinnern, Herr Knaus, und ich bin gerade auf dem Sprung, das Haus zu verlassen.« Kammermann blickte zur Grauen, verzog sein Gesicht zu einer Grimasse und winkte mit der freien Hand ab. »Können Sie mir vielleicht ein andermal telefonieren?«

»Es ist eben wichtig, Herr Wachtmeister, und Sie haben mir damals gesagt, dass ich mich jederzeit an Sie wenden könne, wenn ich Schwierigkeiten hätte.«

In diesem Augenblick fiel bei Kammermann der Zwanziger: Kurt Knaus, der Autodieb, natürlich.

»Knaus! Jetzt kommt es mir in den Sinn. Wie sind Sie zu meiner Telefonnummer gekommen?«

»Eben wollten die Ihre Nummer bei der Polizei nicht herausrücken. Sie haben mir bloß die Adresse gegeben, dann …«

»Einen Augenblick, Knaus.« Kammermann, der immer noch nicht genau wusste, mit welcher Taste seines modernen Telefons man ein Gespräch unterbrechen konnte, hielt die Hand über die Muschel und forderte die Graue auf, sich wieder in die Küche zu setzen oder im Wohnzimmer zu warten, da es noch einen Moment dauern könne.

»Also, Knaus, sagen Sie mir kurz, um was es sich handelt, dann machen wir vielleicht am besten einen Termin ab.«

»Ja, also, Herr Wachtmeister«, stotterte Knaus. »Da war doch dieser Mord in der Unterführung.«

Kammermann erinnerte sich, am Vortag im »Bund« davon gelesen zu haben.

»Ja, und?«, fragte er.

»Es hätte mich wundergenommen, ob da eventuell eine Belohnung ausgesetzt ist.«

»Knaus! Kurt Knaus! Wissen Sie etwas?« Unvermittelt hatte Kammermann seine schönste Verhörstimme hervorgeholt, und da die Graue in die Küche zurückgegangen war und von dort aus alles mithören konnte, zog er sich schrittweise ins Wohnzimmer zurück.

»Vielleicht weiß ich etwas«, tat der andere schlau.

»Auf solche Spielchen gehe ich nicht ein. Entweder sagen Sie mir klipp und klar, um was es sich handelt, oder ich betrachte unser Gespräch als beendet.«

»'tschuldigung, Herr Wachtmeister. Ich weiß eben nicht, was ich tun soll, und ich weiß nicht, ob ich überhaupt etwas sagen soll, darum wollte ich Sie ja um Rat fragen.«

»Nennen Sie mich nicht dauernd Wachtmeister. Die hat man bei der Polizei inzwischen abgeschafft, abgesehen davon bin ich nicht mehr im Amt. Also, noch einmal, um was geht es?«

Es war nicht so, dass Kammermann am liebsten aufgehängt hätte. Wie damals, als er die Graue mit dem leeren Kinderwagen angetroffen hatte, wurde seine noch nicht ganz verkümmerte Fahnderseele angerührt.

»Eben.« Knaus versuchte seiner Stimme einen festeren Klang zu geben. »Dieses Verbrechen in der Unterführung. Ich glaube, ich weiß, wer der Ermordete ist.«

»Das weiß die Polizei auch.«

»Ja, aber ich weiß vielleicht auch, wer der Täter ist, besser gesagt, ich habe eine Vermutung.«

»Das ist sicher interessant, Knaus. Aber wieso erzählen Sie das mir und nicht der Polizei?«

»Ich möchte mit der Polizei lieber nichts zu tun haben«, erläuterte Knaus. »Das heißt, ich bin mir nicht im Klaren, was ich tun soll.«

»Wenn Sie glauben, etwas zu wissen, das die Polizei interessieren dürfte, sind Sie verpflichtet, Meldung zu erstatten«, erklärte Kammermann, der immerhin daran dachte, dass er sich diese Weisheit selber hinter die Ohren schreiben könnte.

»Ich möchte einfach vorher lieber mit Ihnen sprechen, Herr Wachtmeister, ich meine, Herr Kammermann«, insistierte Knaus.

»Haben Sie selber Angst vor dem Mörder?«, fragte Kammermann, der entgegen seiner Absicht, den andern möglichst rasch loszuwerden, inzwischen auf der Sofalehne Platz genommen hatte und so weit gegangen war, sich seinen eigenen Vers zu reimen. »Haben Sie Angst, selber dranzukommen, wenn Sie sich mit der Polizei verbünden?«

»Es ist nicht nur das, Herr Wachtmeister. Es ist alles sehr kompliziert, da war eben noch dieses Kidnapping ...«

»Kidnapping?« Kammermann fuhr auf wie von der Tarantel gestochen. »Kidnapping, was wissen Sie von Kidnapping?«

»Darüber wollte ich eben mit Ihnen reden«, antwortete Knaus, der erstens ob der Reaktion des Ex-Wachtmeisters verblüfft war und zweitens dankbar erkannte, dass er plötzlich ernst genommen wurde.

»Wo sind Sie jetzt?«, erkundigte sich Kammermann.

»Am Bahnhof, in einer Kabine.«

»Also, Knaus. Ich treffe Sie in einer halben Stunde im *Brothüsi* in der hinteren Lorraine.«

»Dorthin möchte ich lieber nicht«, widersetzte sich Knaus.

Kammermann schimpfte sich innerlich einen Esel, dass er ausgerechnet jenes Lokal vorgeschlagen hatte, das als Ganoventreffpunkt bekannt war und das Knaus im Moment wahrscheinlich lieber links liegen ließ.

»Im *Braunen Mutz* in der Genfergasse, ist das besser?«

»Im *Braunen Mutz,* okay.«

»Also, bis dann.«

19

Und dann habe ich mir überlegt«, schloss Kurt seinen Bericht, »dass Sam Schmutz vielleicht gar nicht von ehemaligen Knastbrüdern, sondern von diesem Bühler ins Jenseits befördert worden ist. Das wäre doch möglich, oder?«

Kammermann hielt den Kopf in die Fäuste gestützt und starrte in sein Bierglas. Noch am Morgen hatte er sich geschworen, heute keinen Alkohol zu trinken. Zuerst war er denn auch mit einem Kaffee zufrieden gewesen, aber der Teufel sollte nüchtern bleiben, wenn er sich eine solch unglaubliche Geschichte anhören musste, wie sie Kurt Knaus soeben zum Besten gegeben hatte. »Das Ganze klingt nicht unlogisch«, raffte sich Kammermann endlich zu einer Stellungnahme auf, »und wenn ich Sie recht verstehe, möchten Sie noch immer von mir wissen, ob Sie mit dem, was Sie mir erzählt haben, zur Polizei gehen sollen oder nicht.«

»Richtig«, antwortete Kurt. »Einerseits fühle ich mich bedroht, andererseits …«

»Von wem bedroht?«, unterbrach ihn Kammermann.

»Eben, von diesem Bühler zum Beispiel oder von irgendjemandem, der das Gefühl hat, ich könnte zu viel wissen.«

»Da haben Sie nichts zu befürchten. Die einzige Person, die Sie gesehen hat, ist die Entführerin, und die weiß bis jetzt mit Sicherheit nichts, was sie mit Ihnen und dem Unterführungsmord in Zusammenhang bringen könnte.«

»Andererseits«, fuhr Kurt dort fort, wo er vorher unterbrochen worden war, »andererseits möchte ich mit der Schroterei nichts zu tun haben. Ich mit meinen Vorstrafen; und dann war ich ja, wenn man es genau nimmt, an der Erpressung beteiligt.«

Bloß nichts mit der Schroterei zu tun haben. Das kam Kammermann bekannt vor und er musste an die Graue denken. Er trank einen Schluck Bier und verfluchte sich innerlich, weil er nicht Wein bestellt hatte. Bier hatte ihm eigentlich noch nie geschmeckt, und die positive Wirkung aufs Gemüt war gleich null.

»Also, Knaus«, erklärte er endlich, »ich kann jetzt verstehen, dass Sie zuerst mit mir Kontakt aufnahmen, und vielleicht war es tatsächlich nicht das Dümmste, was Sie tun konnten. Und wenn Sie meinen Rat annehmen wollen, so halten Sie sich da raus, das heißt, überlassen Sie mir alles Weitere. Ich werde die Polizei ins Bild setzen, ohne zu verraten, woher ich meine Informationen habe, und ich werde vor allem dafür sorgen, dass das geraubte Kind zu seiner richtigen Mutter zurückkommt.«

Kurt schielte sein Gegenüber mit einem wässerigen Blick an, fuhr nervös durch seinen Seehundsschnauz und zündete den x-ten Sargnagel an, seit sie hier drin saßen; Kammermann konnte nur staunen.

»Was schauen Sie mich so lang an?«, erkundigte er sich. »Möchten Sie mich lieber begleiten, wenn ich zur Polizei gehe, oder kann ich Sie anheuern, um das geraubte Kind aus Baden, oder wo es gegenwärtig auch immer ist, zurückzuholen?«

»Keines von beidem«, winkte Kurt ab. »Ich bin mit allem einverstanden, wenn ich bloß nicht abgemurkst werde oder im Loch lande.«

»Oder trauern Sie der Belohnung nach, die gar nie ausgeschrieben war?«

Kurt schüttelte traurig den Kopf.

»Ich will nicht so sein«, knurrte Kammermann und klaubte

sein Portefeuille aus der Busentasche. »Viel kann ich Ihnen nicht geben, aber hier ist ein Hunderter. Den schenke ich Ihnen, weil Ihre Informationen tatsächlich nicht ganz wertlos sind und weil Sie dazu beigetragen haben, dass alles ins Gleis kommt.«

»Das ist cool von Ihnen«, bedankte sich Kurt und brachte sogar ein schiefes Grinsen zu Stande. »Der geht in meine Reisekasse.«

»Reisekasse?«

»Ich haue ab, so bald wie möglich. Ich wandere aus, zu meinem Bruder nach Brasilien.«

Kammermann nahm dieses Statement mit Befriedigung zur Kenntnis. Unterschwellig fühlte er, dass ihm dieser seehundsschnauzige Kurt Knaus eines Tages wieder in die Quere kommen könnte, es schadete nichts, wenn er von der hiesigen Bildfläche verschwand.

Es ging gegen halb zwölf, die mittäglichen Stammgäste tröpfelten herbei und der jugoslawische Kellner erkundigte sich, ob er kassieren dürfe oder ob die Herren hier essen möchten.

Kammermann war beinahe versucht, eine weitere Geste zu machen und den Seehund zum Essen einzuladen. Aber der Ex-Sträfling hatte es plötzlich eilig und drängte zum Aufbruch, was Kammermann noch so recht war.

Wenig später bummelte er über die Bundesterrasse, von wo aus er vor einer bleigrauen Nebelkulisse das Marzili-Quartier und die Aare überschauen konnte.

»Die Aare«, dachte er, »immer wieder die Aare. Wohin man sich auch wendet in dieser komischen Stadt, stets kommt einem die Aare in die Quere. Es ist wie im Leben selbst; beständig geht man im Kreis herum, wie in einem Käfig, und kaum ist man durch eine geheime Lücke entwichen, steht man bereits vor einem neuen Hindernis.«

Obschon er der Grauen empfohlen hatte, zu Hause auf ihn zu

warten, drängte es ihn noch nicht, schon jetzt zu ihr zurückzukehren. Zuerst musste er sich überlegen, was er mit den Informationen, die er von Knaus bekommen hatte, am besten anfing. Er kannte die Adresse des mutmaßlichen Unterführungsmörders, denn er zweifelte kaum daran, dass dieser Roman Bühler der Täter war. Er wusste, wo sich die Entführerin mit dem Kind mit größter Wahrscheinlichkeit aufhielt. Es war ihm auch klar, dass er der Grauen das geraubte Kind so rasch wie möglich zurückbringen wollte. Aber vor allem war er mit sich einig, dass er danach trachtete, sowohl bei der Grauen wie bei der Polizei groß herauszukommen. Das war schließlich der hauptsächliche Grund, warum er Knaus geraten hatte, sich nicht selber bei der Polizei zu melden. Die Graue, die nicht mehr an ihn, Kammermann, glauben wollte, sollte sich ruhig die Augen reiben wegen seines Spürsinns, und seine ehemaligen Kollegen sollten sich ruhig darüber wundern, was ein ausgemusterter Fahnder-Wachtmeister noch alles zu Wege brachte.

Ärgerlich war bloß, dass er der Polizei keinen Hinweis auf den Mörder von Sam Schmutz liefern konnte, ohne dabei die Graue in die Pfanne zu hauen. Die Tatsache, dass sie sich das Kind stehlen ließ und tagelang keine Meldung erstattete, war leider nicht mehr zu verheimlichen.

Noch heikler war es, eine Erklärung auszutüfteln, wie er es angeblich fertig gebracht hatte, das Rätsel um eine Entführung und eine Erpressung zu lüften und erst noch einen Mörder ans Messer zu liefern. Allerdings stellte sich die Frage, ob er die Polizei nicht vorläufig aus dem Spiel lassen und in der Sache Roman Bühler eigene Recherchen anstellen sollte.

Kammermann merkte gar nicht, dass er die Länge der Bundesterrasse bereits zum zweiten Mal abschritt und schon bald wieder auf der Höhe der Christoffelgasse landete, wo er ursprünglich hergekommen war. Er bemerkte auch nicht die paar wenigen Menschen, die, in schwarze Mäntel gehüllt und belegte Brote oder Hotdogs mampfend, ihre Mittagspause an der frischen Luft verbrachten. Um ihn herum war alles grau verhangen, wie meistens in diesem nebelträchtigen Herbst, bloß hinter den nahen Hügelzügen des Gurtens stand ein Wolkenfenster spaltbreit offen und verbreitete ein eigentümlich verheißungsvolles Licht.

Kammermann blieb stehen und blickte über die gemauerte Brüstung und an schon fast kahlen Bäumen vorbei schon wieder zu dieser verflixten Aare hinunter.

Die Kindsentführerin und ihr mordlustiger Gatte würden also gefasst werden. Und selbst wenn Bühler wider alles Erwarten kein Mörder war, so hatte doch seine Frau vor der Justiz keine Chance; das unglückliche Ehepaar würde mit größter Wahrscheinlichkeit auseinander gerissen. Die Graue hingegen würde wieder mit ihrem Sohn vereint und zugleich unter die Fuchtel der so genannten Staatsgewalt geraten. Heiter, heiter war das alles!

»Am allerheitersten«, sagte sich Kammermann, »am allerheitersten jedoch ist die Aussicht, dass die Graue mehr oder weniger aus meinem beschissenen Leben verschwinden wird. Natürlich kann ich auch fürderhin den Kontakt zu ihr aufrechterhalten, aber es wird nichts mehr so sein wie jetzt, denn schließlich habe ich sie halt doch verraten, und die Bühlers habe ich auch verraten und mich selber habe ich auch verraten. Voilà, so einfach und sonnenklar ist das alles!«

Zu allem Überfluss fühlte sich Kammermann plötzlich unwohl. Ein zentnerschweres Gewicht drückte gegen seinen Brustkasten, und in seinem Magen lag ein mit Bier vollgesogener Badeschwamm. Notgedrungen dachte er an sein lädiertes Herz und es wurde ihm himmelangst. Da hatte er die Quittung für all die Aufregungen der letzten Tage. Hinterrücks überfiel ihn der Gedanke, dass seine Stunden vielleicht gezählt waren und er es gar nicht mehr erleben würde, allseitig groß herauszukommen.

Und noch ein anderer Gedanke überfiel ihn und stellte sozusagen alles auf den Kopf, was er geplant hatte. Wieso zum Henker sollte er eigentlich die ganze verfluchte Geschichte bei der Polizei aufs Tapet bringen? Wieso bemühte er sich nicht bloß darum, der Grauen das Kind zurückzuholen? Wieso ließ er diesen Bühler samt seiner komischen Ehefrau nicht Bühler sein? Und die Herren Kriminaler, seine Nachkommen quasi? Sollten die ihre Rätsel doch selber lösen. Was ging ihn der ganze Seich überhaupt an?

Die Einzigen, die ihn etwas angingen, waren doch die Graue und ihr Sohn. Und was ihn vielleicht auch noch etwas anging, war die Frage, ob er es in seinem Leben bestenfalls noch ein wenig lustig haben wollte oder nicht. Und mit der Grauen konnte man es lustig haben, vorausgesetzt man lieferte sie nicht den Behörden aus und ließ sie dafür hie und da Chopin hören und trank ein Gläschen mit ihr.

Unterdessen war Kammermann wieder am östlichen Ende der Bundesterrasse angelangt. Das Wolkenfenster in seinem Rücken hatte sich vollständig geöffnet und ähnlich wie damals, als er zum Fluss hinuntergestiegen war und dann die Graue angetroffen hatte, wurde für einen kurzen Augenblick alles in gut gesinntes Licht getaucht.

Kammermann war gar nicht aufgefallen, dass er für längere Zeit den Atem angehalten hatte. Jetzt schnaufte er aus und reckte seine Schultern nach hinten. Der Druck in der Brust war verschwunden, nur in seinem Magen gab es noch immer eine seichte Stelle. Neben Kammermann lag das Hotel »Bellevue«, vor ihm das »Casino« .

»Hier wie da könnte man etwas trinken«, überlegte er. Solange es kein Bier war, würde ein vernünftig bemessenes Alkohölchen seinem Magen bestimmt nicht schaden. Außerdem hatte er dringend einen Geisteswärmer nötig. Vorläufig war ihm nämlich noch unklar, wie er der Bühler das Kind abluchsen wollte.

Nachdem Kammermann in der Bellevue-Bar zwei Martini getrunken hatte, setzte er alles auf eine Karte. Er ging in eine der Telefonkojen unter dem Zeitglockenturm und telefonierte mit dem Hotel »Kappelerhof« in Baden.

Ob er mit einer Frau Bühler sprechen könne, erkundigte er sich.

Eine solche gebe es weder beim Personal noch bei den Gästen, erhielt er nach kurzer Wartezeit Bescheid.

Kammermann war nicht überrascht. Dass die Bühler falsche Personalien angegeben hatte, war vorauszusehen gewesen.

»Ach ja. Wahrscheinlich hat sie sich unter ihrem ledigen Namen eingeschrieben, der ist mir allerdings im Augenblick entfallen. Eine jüngere Frau aus Bern«, präzisierte Kammermann, »mit einem knapp zweieinhalbjährigen Buben.«

Doch, eine solche logiere tatsächlich im »Kappelerhof«, wurde ihm beschieden.

»Eben, mit der möchte ich sprechen.«

»Einen Augenblick, bitte.«

Im Hintergrund vernahm Kammermann mehrere Stimmen, von irgendwoher, so dünkte es ihn, war auch Straßenlärm zu hören. Dann knackte es in der Leitung, anschließend ertönte ein hell sirrendes Rufzeichen und endlich meldete sich eine leise, zögernde Frauenstimme:

»Lisa Steiner.«

»Siegenthaler«, meldete sich Kammermann, dem es rechtzeitig eingefallen war, seine Identität nicht preiszugeben, und dem es überdies Spaß machte, den Geschlechtsnamen der Grauen zu verwenden.

»Herr Siegenthaler?«, fragte die Frau.

»Siegenthaler, richtig.«

»Um was geht es? Ich kenne Sie nicht.«

»Aber ich kenne Sie, Frau Bühler.«

In derselben Sekunde fiel es Herrn Kammermann-Siegenthaler ein, was für ein ausgewachsener Esel er war. Warum, verflucht und zugenäht, hatte er sie schon jetzt mit ihrem richtigen Namen angesprochen und sie so höchstens kopfscheu gemacht? Er erwartete, dass sie sofort aufhängen und er vorläufig mit abgesägten Hosen dastehen würde.

»Wer sind Sie?«, hörte er ihre Stimme. Sie war noch in der Leitung, Gott sei Dank!

20

Hätte Kammermann nur fünf Minuten später angerufen, so wäre Margret nicht mehr in ihrem Zimmer gewesen. Sie hatte sich dazu aufgerafft, einen Spaziergang zu machen, und war eben dabei, dem Kind das blaue Kapuzenjäckchen überzuziehen, als das Telefon auf dem Nachttisch zu zirpen begann. Sie dachte an alles Mögliche, vorab an die Polizei und an Roman, und sie zweifelte nicht daran, dass man sie in ihrem Schlupfwinkel aufgespürt hatte.

Als sie den Hörer abhob und sich eine sachliche Stimme mit Siegenthaler meldete, war sie sicher, es mit einer Amtsperson zu tun zu haben. Als sie dann noch mit ihrem richtigen Namen angeredet wurde, begriff sie, dass das Spiel aus war.

»Wer sind Sie?«, fragte Margret, bloß um etwas zu sagen.

»Siegenthaler«, wiederholte der andere zum zweiten Mal. »Ich will Sie nicht lange aufhalten, Frau Bühler. Haben Sie ein Handy dabei?«

»Nein, leider nicht«, antwortete Margret, die in ihrer Verwirrung erst jetzt merkte, dass das Kind verzweifelt versuchte, sich selber fertig anzuziehen, und sich dabei fast die Ärmchen ausrenkte.

»Einen Augenblick, bitte.« Sie half Roli in das blaue Jäckchen und strich ihm über den blonden Schopf, dann nahm sie ihn auf den Arm.

»Ja, hallo, hier bin ich wieder.«

»Befindet sich in Ihrer Nähe eine öffentliche Telefonkabine?«

»Ja, ich denke unten in der Hotelhalle gibt es so etwas.«

»Nein, ich meine eine Sprechzelle außerhalb des Hauses.«

Margret glaubte sich an eine solche zu erinnern.

»Doch, ja, neben der Bushaltestelle ist eine Kabine.«

»Gut, gehen Sie jetzt dorthin und wählen Sie die Nummer 031 311 44 98. Notieren Sie!«

»Wieso soll ich ...«

»Bitte notieren Sie die Nummer und tun Sie, was ich Ihnen gesagt habe.« Das klang sehr ultimativ und Margret hielt es für das Beste, klein beizugeben.

»Okay«, flüsterte sie und schrieb die Nummer auf.

»Ich warte auf Ihren Anruf. Vielleicht ist die Kabine besetzt, dann wird es halt etwas länger dauern. Wiederhören!«

Vor lauter Aufregung wäre Margret beinahe aus dem Zimmer gerannt, ohne Roli mitzunehmen. Zum Glück verhielt er sich immer dann ruhig, wenn irgendetwas unternommen wurde, und so konnte sie sich darauf konzentrieren, keinen aufgelösten Eindruck zu machen, als sie am Empfang vorbeigingen. In ihrem Kopf wirbelten die Gedanken durcheinander.

Wer war der Mann, was wollte er von ihr, wieso kannte er ihren Aufenthaltsort?

Da sie sich aber heute Morgen bereits halbwegs entschlossen hatte, zu kapitulieren und am Abend vielleicht ihren Mann anzurufen, war sie nun beinahe erleichtert, dass der Stein von selbst ins Rollen kam.

Die Telefonzelle war frei, der Bus gerade abgedampft und das Wartehäuschen völlig verwaist. Die Autos fuhren alle mit Licht, ein dumpfgrauer Nebeldeckel dichtete alles ab und Margret hatte das Gefühl, es sei bereits Nacht geworden. Sie fror, denn in der Eile hatte sie vergessen, ihren Mantel anzuziehen.

Sie zwängte sich mit dem Kind in die Enge der blau beleuchteten Kabine und steckte die Telefonkarte in den Schlitz im Apparat. Im ersten Augenblick konnte sie die Zahlen auf den Wähltasten kaum erkennen und sie erinnerte sich an ihren in gewissen Zeitabständen wiederkehrenden Albtraum, in dem sie es nicht fertig brachte, einen dringenden Anruf zu erledigen, weil die Ziffern auf den Nummernknöpfen entweder auf dem Kopf standen oder überhaupt fehlten. Zu allem Überfluss grapschte das Kind mit allen zehn Fingern nach dem geringelten Kabel, sobald sie den Hörer ans Ohr halten wollte.

Als endlich das erste Rufzeichen erklang, wurde augenblicklich geantwortet:

»Siegenthaler!«

»Ja, es ist mich«, stotterte Margret.

»Gut! Ich muss mich bei Ihnen entschuldigen, dass ich Sie aus dem Haus gehetzt habe. Aber in Hotels weiß man nie, ob am Telefon nicht jemand mithört. Also, passen Sie auf, Frau Bühler. Kennen Sie in Bern die Buchhandlung Jäggi im Warenhaus Loeb?« Kammermann wusste von diesem Laden auch nur, weil er kürzlich eine neue Wanderkarte des oberen Emmentals gesucht hatte, dabei in der Jugendbuch-Abteilung gelandet war und sich gewundert hatte, wie viele Knirpse es gab, die sich auf dem so genannten Spielplatz ohne jede Aufsicht an Bauklötzen, Stofftieren und Bilderbüchern verlustierten.

»Doch«, bestätigte Margret, »ich weiß, wo die Buchhandlung Jäggi ist.«

»Morgen Nachmittag Punkt halb drei«, vernahm sie die ruhige und sachliche Stimme des unbekannten Mannes, »setzen Sie den Buben, den Sie unrechtmäßig bei sich haben, auf den Spielplatz der Buchhandlung Jäggi und verschwinden nachher. Das Kind wird dort zehn Minuten später von seiner richtigen Mutter abgeholt.«

Margret war so überrumpelt, dass sie dreimal leer schlucken musste. Dem Mann vorzuflunkern, nichts von einem

Kind zu wissen, war hoffnungslos, da Roli im dümmsten Moment zu quengeln begann.

»Haben Sie mich verstanden, Frau Bühler?«

»Doch, ja. Aber ich begreife nicht, was das Ganze soll. Ich ...«

»Sie begreifen sehr wohl, was das Ganze soll, Frau Bühler. Sie haben am Nachmittag des 25. Oktober an der Aare unten ein Kind gestohlen und dieses Kind sollen Sie seiner Mutter zurückgeben. Das ist alles. Seien Sie froh, dass es für Sie so glimpflich und ohne Polizei abgeht und dass Sie darum herumkommen, mit der Mutter des entführten Kindes konfrontiert zu werden.«

»Aber ich kann den Buben doch nicht einfach aussetzen«, stotterte Margret. »Woher soll ich wissen, dass er auch wirklich abgeholt wird und dass Sie es ehrlich mit mir meinen?«

»Das müssen Sie mir ganz einfach glauben, Frau Bühler. Im Übrigen steht es Ihnen frei, morgen Nachmittag diskret zu beobachten, ob sich alles korrekt abspielt. Die Mutter des Kindes ist noch jung, hat halblange, graue Haare und trägt einen langen Rock. Möglicherweise kennen Sie die Frau, aber sie kennt Sie nicht.«

»Ich weiß nicht«, zögerte Margret.

»Frau Bühler! Ich verspreche Ihnen, dass alles mit rechten Dingen zugeht und dass Sie nichts zu befürchten haben. Wenn Sie sich aber meinen Weisungen widersetzen, so werde ich Sie und Ihren Mann als Mitwisser blitzgeschwind der Polizei ausliefern. Das ist mein bitterer Ernst.«

»Okay«, sagte Margret.

»Was okay?«

»Ich werde alles so machen, wie Sie es befohlen haben.«

»Gut! Eh ... Frau Bühler! Ich ... ich wünsche Ihnen viel Glück.«

Das war es dann gewesen. Im Hörer ertönte der Summton und Margret war sich im Klaren darüber, dass sie keine andere

Wahl hatte, als die ihr erteilten Ordern auszuführen. Sie verließ mit Roli auf dem Arm die von stickiger Luft erfüllte Telefonkabine und merkte erst jetzt, dass sie dort drinnen kaum geatmet hatte und es ihr darum schwindelig geworden war. Doch der frische Hauch, der sie nun umfächelte und ihre Lungen füllte, betäubte sie erst recht. Es kam ihr alles unwirklich vor und es dünkte sie, samt dem Kind werde sie emporgehoben wie ein Luftballon, höher und höher, weg von der nüchternen, grauen Erde und dort hinauf, wo hinter der ewigen Nebeldecke der goldene Ball einer nachmittäglichen Sonne am Himmel stehen musste.

21

Es ging gegen vier Uhr, als Kammermann in beschwingter Laune in den Spitalacker zurückkehrte. In der Wohnung hatte sich nichts verändert, außer dass es seit dem Vormittag etwas heller geworden war und sich jetzt eine abgestandene Wärme breit machte. Die Graue saß mit angezogenen Beinen auf dem Sofa, wie gestern Nacht, als sie zusammen Wein getrunken und Musik gehört hatten. Offenbar war sie zwischenhinein eingenickt, denn sie machte einen ziemlich verschlafenen Eindruck.

»Es hat länger gedauert, als ich angenommen habe«, entschuldigte sich Kammermann, der erleichtert war, dass die Graue auf ihn gewartet hatte und nicht einfach abgehauen war. »Hoffentlich ist dir nicht langweilig geworden.«

»Ich habe mir bei der Bushaltestelle das *Metropol* und das *20 Minuten* geholt«, erklärte die Graue und beeilte sich, die am Boden verstreuten Zeitungen einzusammeln. »Die suchen noch immer ihren Mörder von der Unterführung.«

»So, so! Dann sollen sie halt«, gab sich Kammermann desinteressiert. Außer den beiden Martini in der Bellevue-Bar hatte er nach dem Telefongespräch mit Margret Bühler im »Anker« auf dem Kornhausplatz noch einen Kaffee fertig getrunken. Jetzt liebäugelte er mit der Vermouth-Flasche, die noch immer auf dem Salontisch stand und offenbar von der Grauen nicht angerührt worden war. Aber dann redete er sich selber ins Gewissen:

»Zuerst die Arbeit, dann das Vergnügen.« Um der Grauen glaubhaft zu machen, dass er ihrem verlorenen Sohn auf die Spur gekommen war, ohne einen Finger zu rühren, brauchte er alle seine fünf Sinne.

Ob er in der Stadt etwas Interessantes erfahren habe, erkundigte sich die Graue.

Sie solle sich setzen und einen Drink nehmen, gab Kammermann Bescheid, er habe ihr nämlich etwas zu eröffnen.

Die Graue angelte nach dem Vermouth. Zuerst machte es fast den Anschein, als wolle sie aus der Flasche trinken, aber dann ging sie in die Küche, kam mit zwei Gläsern zurück und zwinkerte Kammermann zu.

»Dir auch einen, nehme ich an?«

»Später«, winkte Kammermann ab. »Zuerst will ich mit dir reden.«

»Da bin ich aber gespannt«, meinte die Graue, ließ sich auf dem unvermeidlichen Sofa nieder und nahm einen langen Schluck.

»Das kannst du auch sein«, versprach Kammermann. Zuerst wollte er sich neben sie setzen, aber dann kam ihm seine Detektivrolle in den Sinn, die er zu spielen hatte, und er ließ sich auf einen Stuhl beim Esstisch nieder.

»Ich habe deinen Sohn gefunden«, sagte er mit möglichst gleichgültiger Stimme, die verbergen sollte, dass er sich freute und dass er entsprechend aufgeregt war.

»So«, machte die Graue. Sie stand Kammermann punkto Nüchternheit in nichts nach.

»Ja, freust du dich nicht?«

»Doch, natürlich freue ich mich.«

»Dann sag es doch auch, zum Donnerwetter!«

»Juhui, du hast Roli gefunden!«, rief die Graue, ohne eine Miene zu verziehen.

Kammermann wusste nicht, ob er lachen oder weinen sollte. Da hatte dieses unmögliche Weibsstück wegen ihrem verlorenen Balg zuletzt noch heute Morgen lamentiert zum Gotterbarmen und jetzt, wo er ihr die gute Nachricht brachte, zuckte sie mit keiner Wimper.

Die Graue trank ihr Glas aus und schickte einen langen, rauchblauen Blick zu Kammermann hinüber.

»Doch, ich freue mich«, wiederholte sie, und auf einmal zitterte ihre Stimme. »Ich habe mir vorhin nur überlegt, dass sich für mich deswegen nichts ändert. Mein Kind ist wieder da, okay. Und mit ihm gehe ich dorthin zurück, wo ich hergekommen bin, zur Clique eben.«

»Das muss nicht sein«, bemerkte Kammermann und langte nach der Flasche. Offenbar hatte die Graue daran zu kauen, dass das Intermezzo mit ihm voraussichtlich zu Ende ging. Das rührte ihn, das machte ihn wieder sentimental, und um diese hübsche Empfindsamkeit zu hätscheln, brauchte er jetzt dringend einen Schluck. Zwei Martini und ein Kaffee fertig ließen grüßen. Jetzt ärgerte er sich darüber, dass er nicht daran gedacht hatte, unterwegs eine Flasche Gin zu posten, um sich und der Grauen zu Hause die eigenen Martini mixen zu können.

»Was meinst du damit?«, erkundigte sich die Graue.

Kammermann wäre am liebsten zu ihr hinübergesessen, aber dazu war es noch zu früh. Zuerst wollte er ihr auseinandersetzen, was als Nächstes zu geschehen hatte. Darum nahm er nur einen kleinen Schluck und drängte seine seelenvollen Gefühle, die er vorher noch hatte aufmotzen wollen, vorläufig in den Hintergrund.

»Über deine Zukunft werden wir uns noch unterhalten«, verkündete er. »Zunächst musst du wieder zu deinem Sohn kommen.«

»Und wie komme ich zu ihm?«

»Du kannst ihn abholen.«

»Wo?«, fragte die Graue und bekundete endlich eine Spur Interesse.

»Im Loeb«, antwortete Kammermann.

»Wo, bitte?«

»Im Loeb, auf dem Spielplatz der Buchhandlung Jäggi.«

»Du hast wohl einen Hau! Wie kommt Roli auf den Spielplatz vom Jäggi im Loeb?«

»Habe ich veranlasst«, brüstete sich Kammermann und schlug sozusagen das Rad.

»Kannst du vielleicht Klartext reden?«, schlug die Graue vor und schenkte sich ein neues Glas ein.

Kammermann, der sah, dass die Flasche langsam, aber sicher zur Neige ging, dachte wieder an den Gin, den er zu kaufen vergessen hatte. Die Kerzen waren auch ausgegangen, und da es im Zimmer nun immer dunkler wurde, musste er die unmögliche Stehlampe anzünden. Es passte alles zueinander; bald nichts mehr zu saufen und keine Kerzen mehr, dabei hatte er sich von der Grauen in möglichst romantischer Umgebung als Held feiern lassen wollen.

»Wie gesagt«, wiederholte Kammermann, »ich habe veranlasst, dass du morgen Punkt zwanzig vor drei auf dem Spielplatz der Jäggi-Buchhandlung deinen Sohn abholen kannst.«

»Tu doch nicht so zugeknöpft«, reklamierte die Graue. »Erzähl, erzähl!« Sie stand vom Sofa auf und setzte sich zu ihm an den Tisch, der aussah wie ein blank gefegter Fußboden, auf den man in Gottes Namen nur hinunterstarren konnte.

»Da gibt es nicht viel zu erzählen«, tat Kammermann geheimnisvoll. »Vor drei Tagen habe ich eine bestimmte Spur aufgenommen und die hat eben heute Nachmittag zum Ziel geführt.«

Die Graue hielt den Kopf in beide Hände gestützt und äugte Kammermann mit ihren Rauchblauen an. So hatte er es sich vorgestellt; die Graue, wie sie ihn bestaunte und bewunderte.

Doch hielt sich ihr Staunen offenbar in Grenzen.

»Ich bin ja sehr beeindruckt«, erklärte sie, »aber es würde

mich doch interessieren, wie und wo du eine Spur aufgenommen hast, auf welche Art und Weise Roli verschwunden ist, und, vor allem, wo er die ganze Zeit gesteckt hat.«

»Dazu, liebe Silvia, kann und darf ich leider nichts sagen«, gab sich Kammermann formell und war nun froh, dass er seit seiner Rückkehr nur wenig getrunken hatte. »Du musst dich damit zufrieden geben, dass dein Kind wieder zum Vorschein gekommen ist.«

»Was ist das für ein blödes Gelaber?«, regte sich die Graue auf. »Du kannst mir doch erzählen, was da alles gelaufen ist, schließlich geht es um mein Kind.« Sie holte ihr halb volles Glas und die fast leere Flasche aus der Sofagegend und stellte beides neben sich auf den Esstisch.

»Gerade weil es um das Kind geht, darf ich keine Auskunft geben«, faselte Kammermann. »Roli ist noch klein und wird sehr schnell vergessen, was mit ihm geschehen ist. Aber wer garantiert mir, dass du den Schnabel halten kannst und ihm nicht eines Tages etwas erzählst oder bloß eine Bemerkung machst, die sein Erinnerungsvermögen auffrischt und bei ihm dann lebenslänglich traumatische Zustände verursacht?«

»Quatsch!«, rief die Graue.

»Das ist kein Quatsch«, widersprach Kammermann und log in der Folge das Blaue vom Himmel herunter: »Neben dem Kinderschutz gibt es auch einen Persönlichkeitsschutz. Ich kann dir höchstens verraten, dass Roli entführt worden ist, aber ich darf dir nicht sagen, wieso und von wem. Die Identität meiner Informanten darf ich auch nicht preisgeben und ich möchte dir schon gar nicht erzählen, wie ich vorgegangen bin, vorgehen musste, um zum Ziel zu gelangen; das wäre viel zu brutal. Ich kann dir bloß flüstern, dass ich und mit mir einige andere Leute in den letzten Tagen durch die Hölle gegangen sind.«

Die Graue schien nur mäßig beeindruckt zu sein, aber sie reklamierte vorläufig nicht mehr. Vermutlich sagte sie sich, dass auch die Katze geduldig vor dem Mauseloch sitze und dass sie eines Tages mit List und Tücke die Geheimnisse des großen Detektivs doch noch lüften werde. Sie trank ihren Vermouth aus, schenkte sich nach und füllte auch Kammermanns Glas auf. Jetzt war die Flasche leer.

»Unerhört«, quittierte sie schließlich den Kammermann'schen Vortrag, »und was machen wir jetzt mit dem angefangenen Nachmittag?«

»Über deine und Rolis Zukunft reden.«

»Fein! Aber können wir nicht vorher ein wenig feiern, deinen Erfolg feiern, meine ich?«

»Meinetwegen«, gab sich Kammermann festfreudig, »aber dann muss ich noch etwas zu saufen holen, und Kerzen hat es auch keine mehr.«

»Warum musst du auch immer saufen und Kerzen anzünden?«, stichelte die Graue, richtete sich auf und strich die Haare aus dem Gesicht. »Wir können geradeso gut Tee trinken.«

»So siehst du aus«, dachte Kammermann und musste sich einmal mehr fragen, wer hier eigentlich wen zur Liederlichkeit verführte. »Und ungemütlich ist es auch«, maulte er laut. »Diese Scheißlampe geht mir neuerdings genauso auf den Geist wie dir. Nein, ich hole rasch ein paar Kerzen und eine Flasche Wein.«

»Bleib du nur da«, sagte die Graue und verzog sich schrittchenweise in Richtung Schlafzimmer. »Alkohol ist nur für Junioren ein Schnäbilüpfer und Kerzen brauchen wir keine, wir können auch im Finstern feiern und uns die Zeit vertreiben.«

Der nächste Morgen begann genauso trübe wie der vorige, doch die Stimmung in Kammermanns steriler Küche war aufgeräumt. Sie tranken wiederum Nescafé, aber heute hatte die Graue Wasser gekocht. Kammermann war mit sich zufrieden, denn seit der vergangenen Nacht bestand berechtigte Hoffnung, dass er sich mit der Zeit doch noch zu mehr als zum Auslaufmodell eines Liebhabers mausern würde.

Die Graue summte vor sich hin, schielte ein übers andere Mal auf die Küchenuhr an der Wand und dann wieder auf ihre Swatch. Am liebsten wäre sie schon jetzt aufgebrochen, um Roli abzuholen, aber es war erst zehn Uhr.

Kammermann lachte sie aus und meinte, auch Geduld müsse gelernt sein, am Mittag würde er sie ziehen lassen, aber vorher nicht. Überhaupt hätten sie noch Zukunftspläne zu schmieden.

»Ich denke, es ist am besten, wenn du mit dem Kind zuerst hierherkommst. Für zwei, drei Tage kannst du mit ihm das Schlafzimmer belegen, ich schlafe auf dem Sofa.« Er machte diesen Vorschlag nur halbherzig. Er hatte nicht im Sinn, hier einen größeren Haushalt zu gründen, und Kinder waren ihm nach wie vor unheimlich. Was er mit diesem Roli beginnen sollte, war ihm schleierhaft.

Die Graue nickte und zog die Schultern fröstelnd ein.

»Und nachher, was soll ich nachher anfangen?«

»Anständige Winterkleider müssen wir dir auch noch besorgen«, sagte Kammermann, ohne vorerst ihre Frage zu beantworten.

»Was du nachher anfangen sollst?«, fuhr er dann fort. »In deine Waschküche, oder was immer es ist, gehst du mir nicht zurück, das ist einmal sicher.« Er trank seinen Kaffee aus und warf einen Blick durch das Fenster, vor dem der Nebel hockte wie eh und je. »Wie gesagt, bring das Kind zuerst hierher, für nachher werde ich mir etwas einfallen lassen.«

Zur selben Zeit, da die Graue aufbrach, um in Jäggis Buchhandlung ihren Sohn abzuholen, stand Roman Bühler wieder einmal am Fenster des Salons und blickte auf jenen Punkt, wo vor fünf Nächten wahrscheinlich jener Mann aufgetaucht war, den er erschossen hatte.

Vor ein paar Minuten hatte Margret angerufen, um ihm ihre Rückkehr anzukündigen. Das Kind würde sie heute Nachmittag seiner rechtmäßigen Mutter zurückgeben, hatte sie erklärt, daneben brauche er sich keine Sorgen zu machen, denn weder die Polizei noch irgendeine andere Amtsstelle wisse etwas von der Entführung.

So war Roman wenigstens um ein Problem erleichtert, die andere Last würde er zeit seines Lebens nicht mehr loswerden. Er war ein Mörder, da konnte er sich lange einreden, er sei an der ganzen Tragödie höchstens am Rande beteiligt gewesen und nur das verfluchte Schicksal habe ihn zur Tat getrieben.

Die Armeepistole hatte er gereinigt und wieder im Schrank verstaut. Andere Spuren gab es keine, dennoch war er nicht aus dem Schneider. Wer sagte ihm, dass der getötete Erpresser allein gewesen war, wer konnte ihm versichern, dass die Polizei nicht früher oder später auf rätselhaften Umwegen etwas in die Nase bekam, das auf die Identität des Unterführungsmörders hinwies? So kam zur Bürde der Schuld auch das Gewicht der Angst, eines Tages doch noch als Verbrecher entlarvt zu werden.

Nächste Woche würde er wieder zur Arbeit gehen, aber er hatte nicht im Sinn, noch ewig hier zu bleiben. Ein Tapetenwechsel war angezeigt, sie würden an einem neuen Ort neu beginnen und nie würde er Margret erzählen, was sich während ihrer Abwesenheit ereignet hatte.

Mittlerweile war es Viertel nach zwei geworden. Kammermann war nun genauso nervös wie die Graue, die vor Aufregung in Tränen ausgebrochen war, als sie sich viel zu früh zu Jäggis Buchhandlung aufgemacht hatte. Er schob diverse Möbel hin und her, so als ob in der Wohnung weiß der Schinder was für eine Umstellung anstehen würde, dann holte er einige Sachen vom Schlafraum ins Wohnzimmer herüber. Dass die

Graue mit dem Kind hier vorübergehend einziehen sollte, war ihm noch immer nicht geheuer. Er ging in die Küche und begann auch dort zu rumoren.

Und Margret, die vor gut einer Stunde in Bern eingetroffen war, betrat mit Sack und Pack und Roli auf dem Arm das Warenhaus Loeb und dann die Rolltreppe, die zur Buchhandlung Jäggi hinunterführte. Es war halb drei. Der Spielplatz war nicht schwer zu finden und Margret stellte erleichtert fest, dass sich dort bereits mehrere Kinder tummelten. So würde es nicht schwierig sein, Roli unauffällig zurückzulassen.

Sie setzte ihn auf einen farbigen Kunststoffwürfel und legte sein Ärmchen um den Teddybären, den sie vorhin noch für ihn gekauft hatte.

»Rolf brav sein«, flüsterte sie, »Mami kommt ganz schnell und holt dich ab.« Sie gab dem Kind einen flüchtigen Kuss auf die Stirn und ging rasch davon. Am liebsten hätte sie sich die Finger in die Ohren gestopft, um nichts zu hören, falls er zu schreien begann. Bevor sie die Rolltreppe betrat, wandte sie sich noch einmal um. Roli saß inmitten der andern Bambini und spielte mit dem Bären.

Margret rannte aus dem Laden in die Gasse hinaus und die hellen Tränen liefen ihr über das Gesicht. Nein, sie wollte nicht zusehen, wie die Grauhaarige ihr Kind abholte. Sie wollte nach Hause, zu Roman, und sie wollte versuchen, tapfer zu sein.

Und die Graue überquerte von der Heiliggeistkirche her kommend die Gasse vor dem Warenhaus Loeb, und es gelang ihr nicht, das nervöse Weinen zurückzuhalten. Es war bald zwanzig vor drei. Sie musste einem heranrumpelnden Tram ausweichen, dann einer mit Reisegepäck beladenen Frau, die ziemlich verhühnert die andere Straßenseite anpeilte und die der Grauen irgendwie bekannt vorkam, aber sie hatte keine Ahnung, woher.

In diesem Augenblick zerbrach die Nebeldecke über der

Spitze der Heiliggeistkirche. Helles Licht flutete in die Gasse und die über die Straße hastenden Menschen warfen lange Schatten. Die Graue lächelte die Frau verlegen an. Es kam ihr seltsam vor, dass sie beide ein verheultes Gesicht hatten.

22

Drei Monate später befand sich Kurt Knaus, der Seehund, gerade auf dem Heimweg von der Nachtschicht. Es ging gegen halb neun und es schneite zum ersten Mal in diesem Winter richtig. Alles erschien entweder weiß oder schwarz, doch das Weiße begann langsam zu dominieren.

Kurt würde sein Domizil im Wylergut demnächst aufgeben. Dank seinem neuen Job als Handlanger in der Maschinenfabrik WIFAG hatte er das Geld für die Reise nach Brasilien mehr oder weniger zusammengekratzt, wobei er sich nicht zu schade gewesen war, zweimal Autos zu knacken und diverse Wertgegenstände mitlaufen zu lassen.

Zur selben Zeit an diesem stetig weißer werdenden Morgen schob Kammermann ein mit Koffern beladenes Wägelchen durch die unterirdische Passage des Berner Hauptbahnhofs. Zuoberst auf dem Gepäck thronte Roli, hielt ein angeknabbertes Weggli in der Hand und den Teddybären im Arm. Die Graue segelte voraus und wandte sich immer wieder nach ihrem Gefolge um. Sie waren unterwegs nach Venedig, wohin sie Kammermann in einem Anflug von besoffener Großzügigkeit für ein Wochenende eingeladen hatte.

Die Graue und Roli wohnten seit Dezember in einem von Kammermann finanzierten Einzimmerlogis in der Lorraine, unweit der Wirtschaft »Hüsi«. Meistens traf man sich am Wochenende. Das Kind war Kammermann nach wie vor ein Dorn im Auge. Nie hatte man Zeit für einander, und wenn Roli endlich schlief und man sich noch ein wenig hätte austoben können, war meistens auch die Graue eingepennt. Kammermann hatte ihr Arbeit als Hilfskraft in der Buchbinderei Schumacher verschafft, und weil sie neben ihrem Job auch noch das Kind zu versorgen hatte, war sie am Freitagabend immer völlig geschafft.

Jetzt stand aber die Reise nach Venedig bevor, die Graue war richtig aufgekratzt und fühlte sich wie eine Dame von Welt; sie war noch nie im Ausland gewesen, und wenn sie daran dachte, was sie diesem verschrobenen Ex-Schroter alles zu verdanken hatte, so wurde es ihr warm ums Herz.

Kammermann, der sich zwecks Bekämpfung des Reisefiebers schon zu Hause einen Frühschoppen genehmigt hatte, schaukelte auf runden Sohlen durch die Bahnhofshalle. Vorhin war er so weit gegangen, einem mehr als verblüfften Mischler einen Fünfliber in die Hand zu drücken, und jetzt steuerte er die Stehbar hinter dem Blumenshop an, um noch einen Zweier zu trinken. Er setzte Roli ohne weiteres auf die Theke und rief nach der ihnen vorauseilenden Grauen, in deren Haar er wieder goldene Fäden zu entdecken glaubte.

Hätte Kammermann auf seinen Zweier verzichtet und die Graue nicht zurückgepfiffen, so wären sie unweigerlich auf Margret und Roman Bühler gestoßen, die von der Treppe der Zollikofenbahn her kommend ebenfalls den Zug nach Venedig besteigen wollten. Allerdings ging ihre Reise bloß bis nach Mailand, wo Roman bei der UBS einen Posten in Aussicht hatte und für heute zu einem Anstellungsgespräch aufgeboten worden war.

Sie waren beide glücklich, diesen Schritt zu machen. Mailand war der Ort, wo sie neu beginnen würden. Das Kind, das sie zu adoptieren gedachten, würde in Italien aufwachsen.

Kammermann, die Graue und Roli drängten sich hinten in ein Zweitklassabteil des Cisalpino, die Bühlers stiegen vorne in die erste Klasse ein, wo Margret sogleich einen Reiseführer über Mailand zu studieren begann.

Die Graue zog den ersten Wintermantel ihres Lebens aus, Kammermann versuchte das Gepäck zu verstauen und Roli brüllte wie am Spieß, weil er den Teddybären loslassen sollte, um aus dem blauen Kapuzenjäckchen zu schlüpfen.

Just während der Zug sich nun endlich in Bewegung setzte, überquerte Kurt, der Seehund, die Bahnlinie im Wylerfeld. Mitten auf der Brücke blieb er stehen und blickte wehmütig auf die im Schnee schwarz gleißenden Schienen hinunter. In diesem Augenblick stob der Cisalpino Bern-Mailand heran und verschwand wie ein Geisterzug in einer weiß glitzernden Schneewolke.

GLOSSAR

Alki	Alkoholiker
ankehren	tun
anseichen	anpöbeln
Beiz	Wirtshaus
Blust	Blütezeit
bodigen	besiegen
Bonzenschlitten	Luxusauto (abwertend)
böumig	großartig
Büez	Arbeit
Büezer	Arbeiter
bünzlig	spießig
was Cheibs	was zum Kuckuck
Drögeler	Drogenkonsument
ernäseln	erfahren
Fiduz	Lust
Foulard	Halstuch aus Seide
gaumen	hüten
Gigampfi	Schaukel
Gipfeli	Hörnchen
Gof	Kind
gränne	weinen
Gspänli	Spielkameraden
halbbatzig	halbherzig, wertlos
hilb	mild

sich hintersinnen	den Verstand verlieren
Huscheli	bedauernswertes Kind
krampfen	hart arbeiten
Kratten	Korb
Küferschurz	Schurz eines Kellermeisters
kurlig	kurios
Lavabo	Waschbecken
wie der lötige Teufel	wie der Teufel in Person
Mano	Mann
mehrbesser	reich
mischeln	betteln
Mischler	Bettler
Müeti	alte Frau, Mutter
Pföseler	Kind, das unbeholfen trippelt
posten	einkaufen
Rank	Wegkrümmung
Ruhbett	Sofa
Sägessemannli	Sensenmann, Tod
schitter	schwach, hinfällig
Schlüttli	Jäckchen
Schnäbilüpfer	Erektionshilfe (Schnäbi: Penis; lüpfe: heben)
Schnauz	Schnurrbart
kein Schnuder!	nicht schlecht!
Schroter	Polizist
Schroterei	Polizei
Seckel	Mann (derb)
seckeln	rennen
Seich	Blödsinn
guter Siech	guter Kerl
Spunte	Wirtshaus
Stange	Bier
stoffeln	unbeholfen gehen
storzen	stapfen

stüffeln	trippeln
sturm	verwirrt
Töffli	Moped
verklemmen	sich enthalten
verschupft	lieblos behandelt
verseckeln	betrügen
verzworggelt	verkrümmt
Weggli	eine Art Brötchen
potz wüeschti Wulche!	gewaltig!
Zmorge	Morgenessen

Susy Schmid
Die Bergwanderung
und andere Grausamkeiten
128 Seiten, gebunden. ISBN 3-305-00390-1

Sonntags hasste Rita Guido. Jeden Sonntagmorgen wanderte sie hinter ihm bergan, den Blick auf seine Wandersocken geheftet, Stunde um Stunde, mit Sonnenbrand auf der Nase und Mord im Herzen. Mit jedem Höhenmeter wuchs ihre Wut. Keiner der entgegenkommenden Wanderer konnte ahnen, was hinter der schweissnassen Stirn der kleinen Frau, die so freundlich grüsste, vorging: Da wurde ihr Ehemann (ja, der langbeinig-drahtige Herr, dem man fünf Minuten vorher begegnet war) aufs gräulichste gemeuchelt. Rita liess ihn endlose Geröllhalden hinunterkollern, hiess den Blitz ihn erschlagen, vergiftete ihn mit Metatabletten und sah voll stiller Freude zu, wie er im Schneesturm erfror. Und seinen jämmerlichen Kadaver spiesste sie zu guter Letzt noch aufs Gipfelkreuz, und die Dohlen hackten ihm die Augen aus. Jawohl.

„Mit Susy Schmid ist ein neuer Stern am Himmel der Krimiprosa aufgegangen: Ihre garstigen Geschichten brauchen den Vergleich mit Highsmith, Noll und Moser nicht zu scheuen."
Irene Widmer, Schweizer Feuilletondienst